ちくま文庫

志ん生艶ばなし

志ん生の噺2

古今亭志ん生

目次

疝気の虫 9
風呂敷 22
鈴ふり 38
たいこ腹 58
三年目 71
後生鰻 86
短命 96

義眼　108
つるつる　116
駒長　139
小咄春夏秋冬　158
紙入れ　208
羽衣の松　227
城木屋　234
ふたなり　246
百年目　259
二階ぞめき　281
町内の若い衆　296

幾代餅 306
姫かたり 325
*
解説 大友浩 342

志ん生艶《つや》ばなし

志ん生の噺2

小島貞二 編・解説

疝気《せんき》の虫《むし》

見ていて、聞いていて、これほどおかしい落語は、ちょっと類がない。〝考え落ち〟のせいもあるが、終っても笑いがしばらく場内に残る。志ん生のもっとも志ん生らしい一篇といってよい。戦時中は〝禁演落語〟のひとつとされた。疝気は、腹、腰などが痛む病気。

えー、ただいまは、ほうぼうがみんな賑やかになりまして……。まァ、演者《あたくし》が寄席へなんぞ連れて行ってもらってた時分には、上野の鈴本《すずもと》なんぞへ行くのに、稲荷町《いなりちょう》から、親父やなんかに連れて行かれた……あたしが、七つか八つのころでございます……その時分には、もう、日が暮れるてえとあたりが暗くって、上野の広小路なんぞでも、提灯つけなければ歩けない。

そのころは、実に暗いから、いろいろなものが出まして……狐、狸が出たりなんかいたしまして、ただいまの上野の不忍《しのばず》のとこなんぞは、実にさみしかった。まァ、上野の山へウワバミが出たというような時代、ウワバミをつかまえようと思ったが、退治することはできない。で、どっかへ逃げちまいましたが、いろんなものがいて、子供の時分に、あすこで遊んでいてあきなかった。

まァ、トンボでも何でも、今のようなシオカラだとかノドがかわくようなトンボでなく、大きなのがいまして、ドロボウヤンマなんてえトンボがいましたナ。ドロボウヤンマてえのは、人の家へ飛んで入って来て、サッと抜けちゃうのがドロボウヤンマ。ほかのトンボは、みんな元へ逃げてしまいますが、ドロボウヤンマだけは人の家を抜けちまうという……。

ものすごかったでしたよ、ほおかむりして出刃庖丁を持ってやがる……そんなヤンマはないけれど、トンボでもいろんなのがございます。オハグロトンボだとかオグルマ……なんてえのがあって、シッポのとッ先へ車がくっついてやがる。

虫というものは妙なもンで、這う虫と飛ぶ虫とは違います。這う虫はてえと、なんだか気味《きび》が悪《わり》い。飛んでる虫はてえと、かわいいもンですナ。まずトンボだとか、セミだとか、バッタなんてえのがありますナ。あァいうバッタなんぞつかまえて、顔ォ見るてえと、馬の孫みたいな顔していて、あどけないもンでございます。

そこへいくと這う虫というのは、なンか気味《きび》が悪いもンですナ。トカゲだとかクモだとかナ、それから蛇なんてえの……蛇なんてえのは、今を去ること何百年か前に、あの〝へび〟なんてェ名前くっつけたんでしょうナ。初めはわからなかったんですネ……。

甲「何だい、こりゃ……ええ？　わからねえ虫がいるね」

乙「頭からシッポになっちまうんだがネ、ふしぎだよ……こりゃァな。なんてンだろう？」

丙「なんてンだかわかるもんか。こんな虫は〝へ〟みてえなもンだ――」

そういってた……。あれは〝へ〟といってたんですナ。

「〝へ〟が行くぜ、あすこへ」

なんてンで……。そのうちに「ビー」となったんで〝へび〟となった。あの蛇が大きくなるてえと、ウワバミとなるんだそうですナ。ウワバミてえのは、ウワがバムからウワバミてンだてえますが……。

いろいろな虫がいたもンでございますよ、そのころはネ。クモなんてンでも、今のクモのようなクモでない。従前はてえと、オイラングモなんてえのがいて、きれいだったですナ。腹ンところは、こう、桃色になっておりまして、だから光ってたですナ。

それで、手を広げて巣を張っていたんです。

ドブの中をのぞいて見るてえと、オイラングモなんてえのは、ドブの奥のほうへ巣を張ってて、ピカッと光る。人がのぞくと、

「寄ってらっしゃい」

そんなこたァいわないけれど、そのくらいの……どうも、実にきれいなクモがいたもンでございます。

だから、虫というものは、そのころ、何だかわけのわからねえものがいて、
医者「えェ？ どうだい、まァ、こりゃ見たことのねえような虫だネ、この虫は……。何の虫だい？ 刺すんじゃねえかな、こりゃ……。いっそのこと、こりゃつぶしちまおうかな。

……えェ？ なんだ……ウン。

〝助けてくれ〟

なんだい、虫のくせに助けてくれってやがんの。なんだ、おまえは？」

虫「へえ、あたくしはあのォ……疝気の虫でございまして……」

医「なんだ、疝気の虫？ へー、初めて見たヨ。疝気の虫てえのはおまえか？ こり

ゃいい虫に出っくわしたよ。わたしはネ、医者だよ、ウン。疝気の患者が、実に苦しむのを見ていると、あたしがつらいくらいだ。なんとか治したいと思うが、なかなか治らないナ。おまえはどういうわけで、人間の身体《からだ》の中へ入って、人を苦しめるナ……え？」
虫「いえいえ、苦しめるんじゃないんでござんすよ。ええ、あたくしは苦しめないんですけどもナ、人間がおそばを食べますんでナ、そのおそばがネ、腹へ入りますとネ、あたくしたちは腹の中で、そのおそば食べるんです。てまえどもは、おそばが大好物でございますからナ、へェ……」
医「そんなに好きか？」
虫「ええ、好きで……。おそばを食べるてえと、身体がムズムズして、腹の中で運動をします。いろいろなことをしてナ、それであの……筋やなんか引っ張ります。引っ張って遊んだりなんかするもんですからナ、人が痛がるんですよ」
医「うーん、どうも良くないことをするナ。なんだってまた、そんなところを引っ張ったりなんかするんだよ。え、そんなに、そばが好きか？」
虫「好きなんでございますナ」
医「で、好きなものがあるんだから、嫌いなものがあるだろう？」

虫「嫌いなもの？　それはございます……」

医「何が一番……おまえ、嫌いだ？」

虫「これは、ほんとはいえないんですけれども、あなたが命を助けてくれるてえから、あたしいいますが……。てまえども、一番こわいのはトンガラシでござンすナ。トンガラシが、ちょいと身体へ付くてえと、そこから腐っちまうんですよ。ですから、トンガラシぐらいこわいものはありません」

医「ははァ、それでなんだナ……そばを食べるには、薬味にトンガラシ入れるんだナ、ウン。……じゃァ、その大好きなそばと、敵薬《てきやく》のトンガラシとが、まざって入って来たら、どうするんだ？」

虫「そういうときには、こわいから、別荘のほうへ、かくれてしまうんですヨ」

医「なんだ、別荘てえのは？」

虫「別荘てえのは、あたくしのほうでいうてえと、男の睾《き》丸《ん》の袋の中へ入っちゃう。あすこにいれば、どんなこわいものが来ても大丈夫ですからナ。それで様子を見ていると、トンガラシのほうが早くなくなってしまいます。トンガラシがなくなった時分に、別荘から出て、そばを食って、そして筋を引っ張って、遊んだりなんかするんですナ」

医「良くないことをすンな。そりゃおい、よくものを考えろ。人に向かってナ、苦しみを……、えッ、あー、どっかへ行っちめやがった。オーイ、疝気の虫ィ！　どっかへ行っちゃったよ。疝公ゥ……。

（目が覚める）なんだ、ヘンだと思ったら、夢見てたんだよ。あたしゃ……。あんまり疝気の患者を治そうと思うから、そんな夢見るんだナ、うーん……。

あー、なんだい？　……ウン、おう、すぐ来てくれって？　あすこの家で……ああ、ご主人かな？　疝気で苦しんでンだ。……あ、すぐうかがいますって、そういいなよ。きょうはひとつ方法を変えてみような……ウン。

（患家へ来る）こんにちは——」

患者の妻「まァ、先生、いらっしゃいまし」

医「どうですナ？　ご主人は……」

妻「ハイ、なんだか、とっても苦しんでおりまして……」

医「うーん、なんか悪いもの食べさせやしませんか？」

妻「いいえ、何も食べさせませんでございますが、お昼におそばを少し……」

医「え、おそばを食べさした？　いかんですナ——」

妻「いけませんか？」

医「いけません、そばなんぞ喰わしちゃいけない。そばなんぞ食べさしちゃナ、筋が痛む。ヤッ、こう引っ張ってますよ」

妻「何をです？」

医「いや……、こうしましょう。きょうはネ、ちょいと療治の方法を変えてみますから……。

（患者に）ご主人、ぐあいはどんなんです？」

患者「どうも苦しくってたまらない。あー、ウー……」

医「あァ、そう。どういうぐあい？」

患「グッと痛いんですよ」

医「なんか引っ張られるよう？」

患「ええ、そう。グッと引っ張られる……」

医「ええ、やっているに違いないナ、ヤツが引っ張っている……。では ネ、こうして方法を変えてみますからナ。そばを……盛りをナ、五つほど取ってください」

妻「おそば、いけないんでしょ？」

医「いや、少し都合がある。それから、どんぶりにトンガラシ水を一杯、こしらえといてください」
妻「ハァ？」
医「で、そばが来たらナ、ご主人にあげちゃいけませんよ。奥さんが召しあがってください。ご主人の口もとへそばを持っていって、匂いをかがしちゃァ、奥さんが召しあがってください。そうするてえと、別荘のほうにいる疝気の虫が……」
妻「なんです、別荘っていうのは？」
医「いや、別荘てえのはナ、奥さんに関係のないところで……。かくれてる疝気の虫が、その匂いにつられて出て来ます。そばを食べようと思うが、匂いばかりでそばがないから、だんだん口のほうへ上がって来ます。匂いばかりするから……ウン。ところをあたしが、ピンではさんで、トンガラシ水の中へ入れちまえば、疝気の虫は根だやしになりますからナ」
妻「そうですか？　まア……じゃァ、そんなぐあいにいたしましょう。
あのネ、おそば、そういっておいで。そいでネ、おそば来たらネ、こっちへ持ってきておくれヨ。旦那にあげちゃいけないんだから……。あ、それからネ、どんぶりにトンガラシ水を一杯、こしらえといとくれヨ。
あァ、おそば来たかい？　こっちへ持っといで——。

ちょいとあなた、おそばをネ、こっちへ来て、匂いをかぐんですヨ」
患「あァ、そばと聞いた日にはたまらねえんだ、おれは……。おれに喰わしてくれ」
妻「いえ、あなたが食べちゃいけないんですヨ。ただ、匂いかいで、そいでもって、あなたの疝気の虫を、計略で引っ張り出すんですからネ」
患「匂いだけか？」
妻「そうですヨ。よござんすか？　じゃァ、あたしがおそば食べるから、匂いかぐんですよ」
てンで、旦那の鼻先のところへ持っていって、奥さんがそばをスルスルッと食べる。
妻「さァ、こっちへお寄ンなさい。ハアッ」
と息を吹っかけちゃァ、奥さんがそばを食べる。息だけが旦那の腹の中へ入っていくから、腹の中にいる疝気の虫が、
虫「おいおい、どうだい……え？　匂いがするじゃねえか。ありがたいネ、そばですよ。ここンところ、ちょいと食べなかったネ。うん、ソロソロ出ようよ、別荘からよ……。いい匂いがするよ、フン(かぐ)……。こっちへおいで、ここのところ……。フン、なんだいこりゃ、フン……。なんだい、匂いはしてるけども……フン、そばねえじゃねえか。おかしいね、食べりゃいつでも、ここンとこにあるんだがナ、おかし

いよ、フン……。

あァ、いい匂いだネ、どうも……。フン、匂いばかりして、そばがねえじゃねえか。声はすれども姿は見えずってえが、どうも……。もう少し上がってみようよ。肋骨《あばら》へでも引っかかってンじゃねえかナ？　フン、フン……。どうも驚いたネ、匂いばっかり……フン。だんだん匂いが……フン。

アッ、なんだい、お向こうだよ。向こうへ入っていくんだ。えェ？　だからこっちへ来ねえわけだ。オイ、向こうへ行こう、向こうへ向こうへ——。向こうへ飛びこんじまえ、向こうへ……。

ホラ、トットトットット、ホラ、こんなにあらァ！　あるネ、こっちにあるんだ。向こうで匂いかいでたって、ありゃしねえやナ。

ウッ、ウウウーン、うまいネ、うまいって……おう、うまい！　あァ、そばだ、そばだ、うめえな、こりゃどうも……。身体に威勢がついてくるネ。どうだい、え、これだい、ほんとに、驚くんじゃねえ。このそば喰うてえと、どうもネ……身体がネ、こう、なんだネ、ムズムズしてくるネ。さア、ひとつ、なんか踊りをおどれ！」

なんてンで、疝気の虫が踊りをおどり始めた。

虫「ここにある筋を引っ張って遊ぶ！　(あちこちの筋を引っ張りながら) ドッコイサの

ドッコイサ、ホラ、ドッコイサのドッコイサ……。ありがてえナ。コリャコリャコリャコリャ……」
妻「あァ、あァ、あッ……」
医「どうしたんです？　奥さん……」
妻「なんだか知りませんが、とってもあたしが痛うございまして……。あーッ、苦しいんですよ」
医「奥さんが痛いわけがないんですがネ。えー、ご主人、どうです、ぐあいは？」
患「ええ、ええ、わたくし？　……痛えの、どっかへ行っちめえましたよ、ええ、このとおり元気が出てしようがねえ」
医「こりゃ大変だ。こりゃァ奥さん、あなたのお腹へ、疝気の虫が入りましたよ」
妻「あァら、どうしたらいいんでしょうネ？」
医「どうしたらいいったって……しようがありませんから、トンガラシ水をおあがんなさい」
妻「先生、先生、金魚が目ェまわしたんじゃありませんよ。あァー……」
医「あなた、飲まなきゃだめですよ」
てンで、ダーッとトンガラシ水を飲んだ。

そんなこと知らねえから、疝気の虫が、
虫「あァ、チャラチャラ、スチャチャラチャン……。こんなもなァ驚きゃしねえや、
もうナ……。あッ、大変だ！　敵薬が来たから、こりゃここにはいられねえ、別荘へ
逃げちまえ。あァッ‼」
てンでもって、別荘をさがしたんですがナ、こりゃ、別荘が、どうしても見《め》っから
なかった――。

★本篇は病後の録音による速記のため、こういうサゲになっている
が、元気なころの志ん生は「別荘だッ！」で立ち上がり、あたりを
キョロキョロと、虫が別荘を捜している想定で、スーッと高座を下
りた。

風呂敷《ふろしき》

むかしは、『風呂敷の間男』といい、長屋に間男を引きずり込んでいる最中に亭主が戻ってきて、かみさん大慌《おおあわ》て、鳶《とび》の頭《かしら》のところへ飛び込んで助けをもとめる、という演出だった。風呂敷をひろげる終盤は、〝見せる〟要素が大きい。志ん生がよく演《や》った演目の一つ。


えー、ご夫婦というものは、不思議なものでございまして、いつ一緒ンなったんだか、わかンないなんてえご夫婦がいる。

「おまえさんとこのあの人ォ、え、見込みがあって、一緒ンなったのかい？」

「いえ、見込みなんぞあるもんかね、あんなやつ！」

「じゃァ、どうして一緒ンなったんだい？」

「だって、一人じゃ寒《さぶ》いもン……」

なンてえのがある。こういうなァ、すぐ別れるのかと思うと、なかなか別れない。お互いに、名前なンぞ呼ばない。

「やいッ、やいやいやいッ！」

「なンだい、おいッ！」

てなァことをいう。「やい」と呼んで、「おい」と答える。ヤイと呼び、オイと答えて五十年……ヤイオイ（相生）の松てえのは、ここから始まったんで……。実にどうも、ご夫婦の間というものは、不思議なもンでございますナ。

お客さまがたには、こういうご夫婦はいらっしゃいませんが、われわれのほうには、こういうのが、よく出て参ります。のべつもめている。そういうところへ入って、口きいている兄《あに》さんとかなんとかいわれる人がいる。

兄貴分「どうしたい？　えー、どうしたの、何だよォ？」

酔っぱらいの亭主を持つかみさん「あー、あー、ちょいと、ねえ、あにさん」

兄「あにさんじゃねえ。え、人の家ィ上がってくるのに、女のくせに、おめえ、とび上がって来ちゃいけねえな、ニワトリみてえに……。ちゃんと上がったらどうだ？

本当《ンとう》にィ、え、どうしたんだよ?」
かみさん「どうしたって、ねー、大変なことが出来ちゃったんだよォ」
兄「また大変だってやがら。え、大変てえのはナ、人間はむやみに使うもンじゃねえぞ。大変という言葉ァ使うのは、生涯に一度だ。え、そういう使いどきを覚えとかなきゃいけねえぜ。大変という言葉ァな……」
かみさん「どういう時に使うんだい、大変てえのは?」
兄「大変てえのは、おめえ、タイヘンなとき使うんだぜ」
かみさん「いまが、そのタイヘンなんだよ」
兄「えー、どうかしたのか?」
かみさん「どうかしたのかってサ、まァ、どうも弱っちゃったんだよ」
兄「なんだい?」
かみさん「ウン、今日ネ、あたしンとこのサ、今朝早く、横浜へ行ったんだよ」
兄「ふーン……」
かみさん「でネ、今夜、帰りおそくなッから、おめえ先に寝ちゃっていいってこういうのサ。あたしはそのつもりでいたんだよ」
兄「ウン」

かみさん「で、日が暮れてから、お風呂ィ行って、帰って来て、お茶飲んでたの、そしたらネ、信《しん》さんがのぞき込んで、

〝兄貴ィいンのかい？〟

　っていうから、

〝いないけど、お上がんなさいよ〟

　っていって、家ィ入れてサ、で、お茶飲んでたのヨ。したらネ、雨が降ってきたからネ、表を締めちゃったのサ。ねッ、そこへだよ。ウチの人がへベレケになって帰って来て、

〝今、帰《けえ》ったよッ〟

　っていったときに、あたしはどうしようかと、おどろいちゃってさァ……」

兄「おどろくこたァねえじゃねえか。えー、てめえ、亭主が帰ったんでおどろいた日にゃ、生涯おどろいてなきゃなンねえじゃねえか」

かみさん「だけどもサ、遅いっていいながら、早いんだものねえ……」

兄「遅いてえのが早いって、そいでおどろくことはないよ。すぐ帰ってくるって、三十年帰って来なかったら、そりゃおどろいたっていいよ。えー、てめえなァ、おどろきかたが違わァなァ。なんでそんなにおどろくんだ？」

かみさん「なンでおどろくんだって、おまえさん、家には信さんがいるんじゃないか」

兄「いたっていいじゃねえかじゃねえか」

かみさん「いいじゃねえかじゃないよ。ウチのあの人ァ、人間がやきもち焼きで、もうあたしがネ、男の人と口なんぞきいてたら、わけェわからなくなっちゃってネ、えー、ムク犬のお尻《けつ》に蚤《のみ》が入ったようで、わけがわかンなくなっちゃうんだからネ、もう口をきくより、手が先なんだよ、怪我でもさせちゃァおまえさん、あとで話がわかったってねえ、怪我はなおンないだろう。

まァ、町内の人に、気の毒な思いをさせちゃいけないからって、

〝信さん、すいませんがネ……〟

ってねェ、ウチの三尺の押し入れあるだろ、あそこンとこィ隠しちゃったんだよ。押し入れ酔ってるから、寝かしちゃって、出そうと思ってもなかなか寝ないんだよ。咳《せき》もすりゃクシャミもするよ。

の前ィ、大あぐらかいちゃって動《いご》かないだろ、中にいるのは生きてンだよ。

わかった日にゃ、隠しただけまずくなっちゃうからネ、どうしたらいいだろうと思ったとき、ひょいと兄さんのことを思いついたから、来たんだけどもネ……なんとか

してくンないかしら、ネ、この通り（と両手を合わせて）、あたしお願いだよ」
兄「お願いも手水鉢《ちょうずばち》もねえや、ウン。なァ、まア、ちょいと待ってくンねえ」
かみさん「待ってくンねえじゃないよ。おがむわよォ！」
兄「おがまなくたっていいやナ、おめえ、そんなとこで、蠅《はえ》みてえな手付きィしねえでよ。まァ、とにかく、どうして、そういうことになっちゃったか知ンねえけどもサ、そりゃァまずいなァ。えー、信公ォ、押し入れン中へ隠しちゃって、おやじがその前で、あぐらァかいて、酔っぱらって寝ねえてえなァ、こまっちゃうじゃねえかよォ、えーッ。

なー、女というものは、え、そのなンだ、よく考えてからしなくっちゃいけねえぜ。女というものはナ、本当になンだよ、え、婦人というくらいのもンだよ。ね、この長屋のやつらァ、何にもモノを知ンねえから、きかせてやるけれども、女は婦人ともいえば、姐《ねえ》さんともいう、おかみさんともいえば、奥さんともいわァ、なァ、そういうようなもんだ、なァ、ウン。それを、そういうことをするから、おめえはいけねえてンだ。

なー、〝女は三界《さんがい》に家なし〟てえだろ。三界に家なしというのは、おめえさん知ってるかい？　え、女ァな、三階にいて、降りるったって手数がかかるから、だからもう家なんぞねえよという……。

えー、そいからナ、〝貞女ビョウブ（両夫）にまみえず〟てえだろう。貞女がこっちにいて屛風《びょうぶ》がありゃア、向こうが見えねえ……どうだ不自由なもンだろう、ウン。おてめえだってそうじゃねえか、え、信公がいるから、押し入れへ隠しちゃって、もやじを寝かしちゃってから、出しゃいいということを考えるだろ？　考えたって、もし寝なかったら、どうしようということを考えねえ。なァ、もし寝なかったら、中の男ァどういう結果になる？　え、そこィ気のつかねえのかよォ、しようがねえじゃねえかァ、この女心のあかさかめ！」

かみさん「なんとかしておくれよォ」

兄「なんとかしておくれよったって、おめえたちの揉めごとを納めるのが、おれの仕事じゃねえぜ。えー、おれなンざ世間一般のこと、なんだってこれを知って、これを知らねえってものはない。みんな研究してンだ、ウン。

あー、いいともサ、いま行ってやるから。

なー、いまおれ行くからナ、家ィ帰って、何かいってごまかしとけば、大丈夫だ。

（出てゆくのを見て）しようがねえなァ、あいつァ、ウン。

（奥へ）おい、ちょいと、ここへ来なッ」

兄貴分の女房「なンか、用かい？」

兄「なンか用かいじゃねえ。ここへ来なよ」

女「なンの用なのさ。え、そこでいったらいいじゃないか」

兄「おまえは、人がなンかいうてえと、え、百万年も前《めえ》のトカゲの親方みてえな面ァしやがって、いやな女だなァ……。え、こっちィ来られねえのかよ」

女「来られなかァないけど、そこで用をいえば、あたしはすぐやるよ。ほンとに、何だよォ？」

兄「何もこうもないんだ。そこの戸棚ァあけるとナ、下のほうに麻の大きな風呂敷《ふろしき》があるからなァ、そいつォ出してくれ、ウン。早くだよ、早くってえのは早いことをいうんだぞ。おまえは、早くてえと遅くなるんだから、不思議だナ。耳がむこう向きに、さかさまッついてンじゃねえのかい。え、おまえの大きな尻《けつ》をいつまでも見ようてンじゃないんだよ」

女「あたしゃァネ、おまえさんに、おケツを見せようって、戸棚に首突っ込んでるんじゃないよ。ねェあたしはこっちィ首をやると、おシリがスッと、こっちィ出ることになってンだよ。頭ァ両方にはないんだよッ」

兄「うるせえなァ、本当にィ、早く出せやいッ」

女「ンとに、風呂敷ぐらい出せないのかい。何でも人を使うことを考えてやがる。女房だからいいようなもンの、雑巾《ぞうきん》なら、とうにすり切れちゃってら」
兄「さァ、早く出せってば……。おいおい、それがいけねえてンだよ。え、風呂敷を人に渡すのに、広げて、パッと出すやつがあるかい。え、風呂敷ァ旗じゃァねえぞ。え、おれが、急いで、こうやって（ひろげたまンま）、持って駈け出しゃ、むこうが見えなくなって、電車に突き当たるじゃねえか。なー、人に渡すのは、こうたたんで、え、それでもって出すもンだ」
女「たためるだろ？　風呂敷ぐらい」
兄「そらァ、たためるよ、袴《はかま》と違うんだから……。そりゃ、たためるけど、そういうもンじゃねえだろう、なァ」
女（腹立ちまぎれに）「どっか行くの、どこィ行くの？　どこへ行くのさァ？」
兄「大きな声だネ、えーッ。おらァ屋根上がってンじゃないよ。おまえの鼻ン頭の、すぐ前にいるんだよ。家ン中で、船ェ見送るような声出さなくたっていいじゃねえか、うるさいよ」
女「どっか行くんだろ？」
兄「あー、行くんだよ、行くんだから、おまえは、まァるくなって寝て、待ってなよ」

女「なンで、そうヘンテコなこというの？　え、おまえさんのいうことは、どうもきいていていやァな心持ちだヨ。股倉から手ェ突っ込んで、背中ァ搔《か》くようなこといやァがる。え、そんないやなこといわないで、

〃おれは遅くなっても帰ってくるから、茶でも入れて、待ってな〃

とでもいったらどうなンだい、え—、寝ろ寝ろッていやがる。そしちゃァ自分は、どっかで引っかかろうてンだろ。ざまァ見やがれ、上げ潮のゴミィ」

兄「なンでえ、その上げ潮のゴミてえなァ？」

女「すぐ、引っかかるからサ」

兄「なによッ！　え、ゴミのほうじゃ、ドンドン流れているんだ。なンかあるから引ッかかるんじゃねえか。ゴミの了簡《りょうけん》も知りやがらねえで、なんでえ。しまいには、ゴミに殴られるぞ、こンちくしょうめ！」

女「ともかく、あたしゃァね、おまえさんの女房なんだからネ」

兄「わかってるよ。女房女房って、女房ってほどのもンじゃねえ。おめえなンぞ、あ—、シャツの三つ目のボタンみたいなもンだい。え、あってもなくても、おんなしだァ」

女「なにいってんだい」
兄「あー、行ってくっからなァ。(歩きながら)本当に、全く、こんな長屋ッてえなァねえや、しようがねえや、ンとにィ……。
(家の中へ)おう、どうしたい?」
酔ってる男(かなりへベレケで)「よォーツ、ウワッ……」(手を叩く)
兄「なンでえ、わかンねえよ、おめえのいってること、なにいってンだか……」
酔「よう……いよォ、どうでえ……べらンめえ」
兄「なンだよ、大変怒《おこ》ってるじゃねえか」
酔「あー、馬鹿な怒りかただい」
兄「えー、どういうわけでえ?」
酔「そのわけァ、いま物語るからきいてくれッ、えー、これが怒らずにいられるかってンだ。なー、今日、おらァなァ、仲間の寄り合いでもって、横浜へ行ったんだい。でナ、えー、出かけるときに、
〝今夜ァ、遅くなるからナ、おめえ、先に寝ちめえナ〟
って、家《うち》の奴にそいって出かけたんだァ、ウン。なァ、向こうへ行くってえと、用

が早く済んじゃった。ねえ、家に遅いといっといて、早く帰っちゃァ、かかアにわるいだろうと思ったって、おらァ停車場で寝てるわけにゃいかねえてンだ。わが家だから、おらァ早く帰って来たってことよ、なァ。

それを、この女が、人の顔ォ見やがって、親の仇に出っくわした時のようにおどろきゃがって、（大きく）〝あら、もう帰って来たのかいッ〟

と、こういうからナ、ウン。

〝帰って来て、わるいかッ〟

〝わるかァないけど、おまえさんは、遅いっていいながら、ずいぶん早いじゃないか。そういうのを、違反てンだよ。あんまり早いから、すぐお寝よッ〟

てやがらァ。えー、これがわかンないんだよ。なー、あんまり早いから、すぐお寝よ、てえなァ、そりゃァどういうことだかわかんねえ。遅いからお寝よッてえのはあるけど、あんまり早いからすぐお寝よッてえなア、こりゃァどういうこったい！

〝え、どういうわけなんだ〟

と、こういうてえと、

〝どういうわけもないけど、あたしがお寝ったら、お寝なねえ……〟

っていうからネ、

〝おまえの顔てえもなァ、人を寝かせる顔じゃないてンだ。おまえの顔は、寝てるもンがとび起きて、びっくりして駈け出す顔だ〟てンだ。

〝いいじゃないかネ、なんでもいいから、寝ようよォ〟

と、こういうから、おらァ、

〝寝よう寝ようたって、これが一緒ンなってひと月やなンかの間で、遅く帰って来た時に、もう寝ようヨてえのは、これはいいよ。そいつを、もう化けるほど夫婦ンなってて、もう寝ようもねえもんだてンだ。お互いの間に緑青《ろくしょう》がわいてらァ。

べらぼうめ、寝ようよというからはだ、え、一番の髷《まげ》に、赤い手絡《てがら》かなんかかけて、金紗《きんしゃ》の友禅《ゆうぜん》の長襦袢かなんかに、伊達巻きをキュッと締めて、鬢《びん》のほつれが、色の白いところにパッと来て、くの字なりになって、もう寝ましょうヨてえのはしようがないよ。それを、え、油虫の背中みてえな色をしやがって、もう寝ようたァ、何事だッ。なぜ、そう亭主をおびやかすんだ〟

って……」

兄「なンでえ、おめえ、おびやかされてンのかい？」

酔「ウン、おびやかされてンだい、助けてくれよォ。なー、おめえは、一体どこィ行ったんだい？」

兄「おれかァ、おらァ、何でもねえ。あー、脇ィちょいとゴタゴタがあってナ、ウン。その口ききをして来たンだ」

酔「ほう、どんなゴタゴタだい？」

兄「なァに、くだらねえ話サ。おれの心安いやつでナ、まア男が酒ェ飲むなァ構わねえけど、その野郎ァ、大変なやきもち焼きの奴でなァ……」

酔「ウン」

兄「そいつ、仲間の寄り合いで、どっか出かけやがったんだよ。なー、そいで、日が暮れて、かみさんが湯から帰って、茶かなンか飲んでいるとナ、そこへ、近所の若い者《もん》が、

〝兄貴ィ、いるかい？〟

って、中ァのぞき込んだんだ。

〝いま留守だけど、まァお入りヨ〟

てンだ。なー、お互いに世間ばなしをしているってえと、雨が降って来たから、表ェ締めた。そこィそのおやじが、へべレケになって帰って来やがったんだ」

酔「へえーッ、そいでどうしたい？」

兄「どうしたって、おめえ、相手ァやきもち焼きでしようがねえから、その若ぃのを、三尺の押し入れン中に隠しちゃったんだ、ウン。酔ってるから、寝かしちゃってから、出そうと思ってネ、いろいろかみさんがやるんだが、その野郎が寝ねンだよ。そいつがナ、その押し入れの前に、あぐらァかいてやがって動きやがらねえんだよ」

酔「ふーン、また始末がわるい野郎だな」

兄「そうともよ、始末にわるい取締りみてえなもンだ。しようがねえだろう、おめえ、押し入れに入ってンのに、前で大あぐらァかいてちゃァしようがねえだろう。え、おれが入ってくてえと、ソレなんだよ、ちょうどおめえみてえに、あぐらァけえてやがる。おめえのうしろにも、そういう押し入れがあらァな、ウン。

仕方がねえからナ、この風呂敷を持って、パッと入ってって、いきなり風呂敷をパタパタと開いといてナ、そのおまえが坐ってるだろう、そうやってンね、おまえとするね。そいつをサ、パッとかぶしちゃったんだよ、風呂敷を……。（頭から風呂敷をかぶせる）

えー、どうでえ、見えるか？　あー、見えねえだろう？　え、もっとこう、下向きな、ウン。

そこの家の押し入れをナ、おれが、ヤッと開けたんだよ。（押し入れを開け、中の男に

目くばせしながら）開けてナ、ひょいと見ると、いるンだよ、そいつが……よォ、そいつからネ、

〝おい、早く出ろッ〟

って、そういってやったんだ、そこの家でナ、ウン。そいで、出て来ゃァがったナ、そいつがよォ。（男、這い出す）

〝忘れもの、するんじゃねえぞ〟

と、おれがこういったんだ。そしたら、忘れもンもしねえようだよ、なァ、ウン。

（目と顎で、出ろと合図する）

〝下駄ァ、間違えちゃダメだよッ〟

って、こういってやったらネ、奴ァ、下駄も間違えずに、スーッと行っちゃった……（男の出て行くのを見とどけて）からなあァ、風呂敷を、こう、パッと取った（かぶせたのをめくる）……というハナシだ」

酔「あー、そうかァ。なァんだ、そいつはうまく、逃がしゃァがったな」

鈴《すず》ふり

別名を『鈴まら』ともいい、艶笑落語の中の傑作。志ん生「秘中の秘」の一席である。枕の『甚五郎《じんごろう》の作《さく》』だけ、独立して演じられることもある。大僧正に至る道のり「十八檀林《じゅうはちだんりん》」は、この落語には欠かせない。重厚さが軽妙なサゲをよけい効果的なものにしている。

えー、今日は、普通の寄席《よせ》で……演芸場などで演《や》るというような心持ちではありません。ただ、お客さまとなにか……えェ、いろんな話をして、そして、えー、おわかれしようというんで……。

だから、何を言い出すかわからない。そィでなくったって、あたしの落語《はなし》なんてナものは、登場《あが》ったところ勝負《しょうぶ》でしゃべるんだから、自分でもわからないことがあります。

まァ、人間てェものは、どのみち、なにも……えー、カタいことばかりいって世の中を渡ったってしようがない。どうせ、人間はやるだけやって、そして、この世をおさらばします……その間は、やっぱし、楽しみというものが、どうしても、なくっちゃならない。

えー、一生懸命に働いて、右も左も向かないで、ウー、猪《いのしし》みたいに、真ッつぐに向いて、いくら働いたって、さきに行って……こンだもう年齢《とし》をとってから、

「ああ、おれも、もう少し、なんか楽しみをやっときゃァよかった……」

といっても、もう駄目なんスよ、そらァ……。だから、自分のできるときに、なんでもやっとくんですナ。

……つまらないですヨ、考えるとネ……。金だってそうです。ウンと残しちゃって、それをもう、そのまま置いてっちゃって、残ったのは誰かしらが使っちまうと決まってるんだから……ええ。だから、あたくしなンぞも、この商売になったのには、金が欲しいとかどうとかってンでなったんじゃない。ただ、落語というものが好きで、この商売になったんです。だから、それさえやってりゃいいんで、欲があってどうしよう……てンじゃ、商売はいけないんですナ。

だから、われわれなんてェのは、そういうことはない。今だって、千円と百円を出して、どっちを取るかッてェと、たいがいの者は、千円のほうを取るのは、当たり前ですヨ。それが、あたしなんざァもう、千円を見ないで、百円をとりますからナ、そいから……千円を取る——。

だから、〝どうかおれは長生きをしたい、それにゃ養生をしよう。タバコを止《よ》そう、肺ガンになるから……〟なンてッたりナ。あれ……なるかならねンだか、わからないんだからネ、ありゃァ……、ウン、それを心配して、止しちゃったりなんかする。自分の好きな楽しみをやめちまってネ、そいで……苦しい思いをしたあげくに、自動車にぶつかっちゃったりする……合わねえ話です。だから、なんでもかまわねえから、自分の思う通りやって、世の中ァ暮していくてェなァいいと思いますな……。

えー、そういうようなわけで、このォ……楽しみってェことになると、なんてッたって、その……話のほうにも、その……ご婦人ッてものが、そこへ出て来なくちゃいけない。えー、考えてみるってェと、今と違って、昔は、えー、年ごろの娘でもなんでも、ほんとうに、見て……あー、いい女だなあ……と思うのがありましたナ。

花魁《おいらん》だってそうですナ。そのころの花魁はてェと、ほんとうに〝花魁〟で、えー、それだけのことができて、お客の機嫌《きげん》をとっていた。お客の機嫌をとるったって、大勢で、わァわァ騒いでいるのは、ほんとうに機嫌をとるんじゃない。えェ、サシ（一対一の差し向かい）になって、碁《ご》の相手もしよう、三味線も弾《ひ》きます、なんでもやる……。えー、お客と浮世ばなしもいたします。

話をしているうちに、えー、どんな美《い》い女だってネ、生きてるからには、粗相《そそう》をしますヨ、ねえ。えエ、粗相をしてもしようがない、こりゃァ出物《でもの》腫《は》れ物《もの》でナ……粗相をする。そういうときに、お客に、その……うまいことをいって、そこォ逃げなくっちゃならない。それを、したッぱなしで、知らン顔して……それじゃ駄目です。〃出るんだから仕方がない〃といっては駄目で、あッと思うと、そこィいって、その花魁が、

花魁「まァ、ただ今はまことにすいませんで……。じつは、あたくし、お母さんが永《なが》の病《わずら》いで、観音様《かんのんさま》ィ願《がん》をかけて、〃どうぞ母の病気を直していただきたい。その代りに、月に一ぺんずつ、あたくしは、ええ、人《ひと》なかで恥をかきますから……〃ということを、願をかけました。それがために、あのようなことをいたしまして、申しわけありません」

客「あァ、そうかい。おッ母《か》さんの病気を直すために恥をかこうッてンで、そういうことを月に一ぺんずつネ。えらいなァ、どうも……」

とたんに、またやった――。

客「おッ、また出たよ」

花「ハイ、これは来月の分で……」

なンてッたりナ。

だから、その……ご婦人てェものは、どうしても、この……どうもニクイというような女がある。ご婦人は、その……姿を見せたり、人ォ喜ばせるということが、一つの花であります、ウン。だから、〝美《い》い女だナ〟って人に見られて、人の目を喜ばせる。

甲「おれはネ、どうも、あァいう女《の》が好きだね」

乙「あれか？」

甲「ウン」

乙「年増《としま》だナ」

甲「年増だヨ」

乙「いいな」

甲「いいとも、おめえ……。〝色は年増にとどめをさす〟ッて全くだァ。あの女なら、おれ……命もいらねえやナ」
乙「命がけだね」
甲「命がけだヨ。女のためなら、命はいらねえッてことになってンだ」
乙「そうか。……おい、見ろ、あとから来るなァ、おめえ……十九か二十《はたち》だな。えッ、あれもいいナ、島田に結《ゆ》ってナ……」
甲「いいなァ、ウン、おらァ命はいらねえ、あの女なら……」
命、いくつあったって足りやァしない。
甲「ふーん、あとから数珠《じゅず》を持って来《く》ンのもいいなア。えッ、夫の菩提《ぼだい》を弔《とむら》う……いいもンだ。後家《ごけ》だ」
乙「後家はいいぜ」
甲「後家は、一段、女ッぷりが上がるからナ。後家はいい、後家は好きだ。おれの女房《かかア》も早く後家にしよう」
なんてンで……。だからこの……なにごとにも、ご婦人にとどめをさすという――。
昔はッてェと、どこの家にこういういい娘がいるというと、お大名がヒョイとお目にでも止めるッてェと、〝あすこの家のあの娘を……〟なンてナことになりましてナ、

すぐにお役人が行って、
役人「あー、そのほうの娘は、お上《かみ》のお目に止まったから、ご奉公にあげなさい」

ということになります。

そいでもってご奉公にあがる……行儀見習にあがるんです。二年なら二年……そこのお邸《やしき》ィ奉公にあげる。二年たって、そのうちィ年ごろになって、えー、嫁《かた》づけますからッてことがわかりゃァ帰してくれる。二年間のあいだは、
大名「よいナ、彼女《あれ》は……。そのほうは、なんという?」

なンてことォいってナ、その……側女《そばめ》に使うんですナ。きれいな女の子ォみんな集めて……贅沢《ぜいたく》なもンですナ。ええ、てめェ勝手にできンだ、あたしも大名になってりゃよかった、と思うくらいのもンで……。

で、大名屋敷にご奉公にあがる。その代わりそういうとこはネ、男は駄目……野郎はネ。女の子ばかし……十七からまず、十九、二十《はたち》ってところですナ。それが奉公に、みなあがっている。

だけども、十七、十八……とそういうような年齢《とし》の女ばかりで、男というものがない。すると、十九なンというような年齢になってくると……ウン、どうしても、自分はつつしんでいようと思うけれども、体《からだ》が承知しないですナ。ええ、さわれば落ちな

ん藤の花……なンてナことになってくるんですナ。ええ、そんなのが、大勢いるんだ。こりゃどうするわけにもいかない、屋敷《むこう》でお暇《ひま》が出なくっちゃァね。

だから、こうやって（と、ムズかしい顔をして見せる）カタくして、〃男なンぞは見るのも汚らわしい〃なンてナ顔ォしているけど体が承知しない。ええ、（体をムズムズさせる）こうなる……、ねえ。

すると、体ァ悪くなってきますナ、あんまし、そういうことォ我慢するッてェと……。我慢なンてネ、いいかげんにしやがれなンて言いたくなってくる。

そうするってェと、その時分に、両国（日本橋側）に、〃四ツ目屋〃という店がございます。えー、なんでしょうネ、こりゃァ……。つまり、その、張形《はりかた》でございすナ、えー、その……男の、えー、つまり、アレにそっくり似た物を売ってたんですナ。

ええ、それで、間に合わせるんだ。なんのことはない、タバコを吸うのを我慢して、ハッカパイプ吸って間に合わせるみたいなもンで、その張形で我慢するんですな。そいでもって、その四ツ目屋へは、威張《えば》ってそれを買いに行くことができた。自分で行って〃それを見せてください〃ということができるンです。おおッぴらに売ってるんですナ、ええ。どういうわけだってェと、それを我慢をしてご奉公を勤める間には、体を悪くしちゃう。張形《それ》があれば、それでもって補《おぎな》いにして、えー、体は健全でいられますから、いばって商売ができたんですナ。

そこィ買いに行く……。

客「ちょっと、アレを……」

てナことォ言って、

四ツ目屋「このへんではいかがでしょう？」

客「あの……もう少し大きいのを……」

なンぞいって、それをみんな、買っております。

えー、そうやっているってェと、もう年ごろになったから、お暇《ひま》が出た。実家《うち》ィ帰ってくる。家へ戻って来るってェと、どうもこのお嬢さんの体のぐあいが、変だ。すぐに医者を呼んで見せるてェと、

医者「お娘御《むすめご》は、ご妊娠をなさっております」

おッ母《か》さんやなンかが驚いた、一人娘が妊娠をしているてンですからナ。

母「おまいさんは、行儀見習がために、お屋敷にご奉公にあがって、なンです、それは⁉　どういうわけでそういうことになったんですか？　エッ、お言いなさい！」

といわれたときに、その娘、下ァ向いて、顔ォ赤らめ、畳《たたみ》に〝の〟の字を書きながら、

娘「あたくしは、決して男なンぞは存じません！」

……年ごろになるってェと、どんないいところの娘でも、やっぱし、その……お色気てェものが出て参ります。人を見て、〃あァ、いい男だナ〃と思って、人に言えないので、病《わずら》うのを、これを、〃恋病《こいわずら》い〃てェますナ。けれど、いい男を見て〃恋病い〃するのと、中には、いい男もなンも、相手を見ないで病《わずら》っちまうのがある。こういう娘さんに会うと、おッ母さんも苦労ですナ。

母「相手は誰です？」

娘「あの……べつに……」

母「うそォ言いなさい。相手はどなたですゥ？」

娘「あの……おッ母さんがいいと思うかた……」

母「そんな話がありますか。重二郎様ですか、金之助様ですか？　それとも花之丞様……」

娘「いいえ……」

母「相手はだァれ？」

娘「だれでもいいの……」

誰でもいいのってェのは〃恋病い〃じゃない。ただ、男が恋しくなっちゃうんですナ……。

だが、この娘さんは、なんしろ妊娠をしてるッてンですから、誰でもいいってェわけにはいかない。

母「おまえ、赤ちゃんができたじゃないか。相手をお言い、相手を……」

ッてんで、いくらたずねても、どうしても言わない。

母「相手がなくって、おまえ……赤ちゃんができるわけがないじゃないか」

といって、娘の手文庫を調べてみたら、その例の……張形が出て来た。

母「これで赤ちゃんができンですか、えッ、おまえ、これで赤ちゃんができるとでもいうのかい?」

といいながら、おッ母さんが、その張形をヒョイッと裏返したら、〝左甚五郎《ひだりじんごろう》作〟と書いてあった——。

……というようなわけで、なンたって、その……我慢するということは、たいへんに辛《つら》い。

男でもそうですナ。やっぱし、年ごろになってくりゃ、女が恋しくなってくる。女が恋しくなるし、酒も飲みたいし、うまいものも食いたい……ということができないのが、なんだてェと、ご出家《しゅっけ》というもんですナ。ご出家は、それができない。五戒《ごかい》を保つということがある。

五戒てェのはなンだってェと、まず〝飲酒戒《おんじゅかい》〟……酒ェくらってはいけない。次に〝偸盗戒《ちゅうとうかい》〟……ぬすんではいけない。〝殺生《せっしょう》戒《かい》〟……生き物を殺してはいけない。そして、この……〝邪淫戒《じゃいんかい》〟、女と接してはいけないってンですナ。あたくしなンざァ、一ぺんぐらいその〝邪淫戒〟にお目にかかりてェと思っているうちに、とうとう邪淫戒のほうで、素通りしちまった……。

ですから、この……ご出家というものは、年ごろになっても、女のそばへ近づかない、そいで、修行《しゅぎょう》をしてたンですナ。

それが、大僧正《だいそうじょう》の位になるまでの修行となるってェと、大変で、それは、〝十八檀《だん》林《りん》〟（江戸時代初期に定められた関東の浄土宗の十八か所の学問所）という寺をぬけて行かなきゃァ大僧正にはなれない。

その一番はナ、その修行の一番最初《はな》へ飛びこむのはってェと、下谷《したや》に〝幡随院《ばんずいいん》〟という寺がある。その幡随院に入って修行をして、その幡随院を抜けて、鴻巣《こうのす》の〝勝《しょう》願寺《がんじ》〟という寺へ入る。この勝願寺を抜けまして、川越《かわごえ》の〝蓮馨寺《れんけいじ》〟、蓮馨寺を抜けて、岩槻《いわつき》の〝浄国寺《じょうこくじ》〟という寺に入る。浄国寺を抜けまして、下総《しもうさ》小金の〝東漸寺《とうぜんじ》〟

という寺に入り、東漸寺を抜けて、生実《おゆみ》の〝大巌寺《だいがんじ》〟へ入り、滝山《たきやま》の〝大善寺《だいぜんじ》〟へ入る。ここから、常陸《ひたち》江戸崎の〝大念寺《だいねんじ》〟へ入って、上州館林《たてばやし》の〝善導寺《ぜんどうじ》〟へ入る。それから、本所の〝霊山寺《りょうざんじ》〟へ入って、結城の〝弘経寺《ぐきょうじ》〟へ入って、ここで紫《むらさき》の衣一枚となるまで修行をしなければならない。

それから、下総の国飯沼の〝弘経寺《ぐきょうじ》〟というところへ入る。ここは十八檀林のうちで、〝隠居檀林〟といって、この寺で、たいがい体が尽きちゃう。

そこを、一心になって修行をして、この寺を抜けて、深川の〝霊巌寺《れいがんじ》〟に入り、霊巌寺を抜けて、上州新田の〝大光院〟に入って、瓜連《うりづら》の〝常福寺《じょうふくじ》〟に入って、そうして、紫の衣二枚になって、それより、えー、小石川の〝伝通院《でんずういん》〟へ入り、伝通院を抜けて、鎌倉の〝光明寺《こうみょうじ》〟へ入って、そこで緋《ひ》の衣一枚となって、それより、江戸は芝の〝増上寺《ぞうじょうじ》〟に入って、増上寺で修行をして、緋の衣二枚となって、はじめて大僧正の位となるという……ここまでの修行が大変であります。

そのころ、藤沢《ふじさわ》に、〝遊行寺《ゆぎょうじ》〟という寺があった――。この遊行寺の住職はてェと、大僧正の位があって、〝遊行派〟といいまして、千人から自分のお弟子《でし》さんがある。それがみんな、十九、二十という若いところが、一心に、わき目もふらないでもって、修行をしている。

で、どのお弟子に自分の跡《あと》を継《つ》がせていいかわからない。おンなしように修行をしている。どう調べても、千人からの弟子が、みんな、おンなしように修行をしている。〝このうちから、このあたしの跡を継がせる人間が、どうしたらわかるだろう？〟ッてンで、いろいろ相談をするってェと、〝こういうようにしたらいかがでしょう？〟〝それもよかろう〟ということに、相談がまとまった。

旧の五月の二十八日、ずーッと、その知らせを出します。

「このたび、遊行寺の跡をとる……大僧正の位をついで、この寺の住持の地位《あと》へ就《つ》く者を、どなたか、選び出さねばならない。そのご相談のため、来る五月二十八日に、当遊行寺の客殿へ、お集まり願いたい」

という知らせを、ダーッとまわした。

さア、大僧正の位になれる、おれがひとつ……ッてンで、千人からの若い坊さんが、みんな藤沢に来ちゃった。だから、どこの宿屋へ行っても、もう、みんな若い坊さんばかりがいっぱいで、冬瓜舟《とうがんぶね》が着いたように、青々としたのばかり……。

いよいよ当日になるッてェと、その遊行寺の客殿に、千人からの若い僧が控えている。するてェと、衣《ころも》の袖をソッと引く者がいる。

係の僧「あー、どうぞこちらへ……」

と、呼ばれるままに、後についてくと、一間《ひとま》に入りましてナ、

係「あー、今日《こんにち》は、ご苦労さまでございます。当寺住持のあとをつぐについては、あたくしの考えではまず、あなたであると思われますナ」

若僧「いや、とんでもない。われわれごときが……」

係「いやいや、ご謙遜《けんそん》には及ばぬ。つきましては、ちとお願いがある。あなたの、えー、ご大切なおセガレを、わたくしに、ちょいと拝見させて頂きたい」

……こういうことはネ、ご出家のほうでは、なんでもないんですナ。あるモノを見せるんだから……ええ。だから、〝どうぞ〟ッてンで、こう……見せる。

係「ご立派な一物《もの》で……」

若「いやいや、お恥ずかしゅうござる」

手箱のうちから、小さな金の鈴《すず》を出した。これに太白《たいはく》の紐《ひも》がついている。これで、若い僧のセガレの頭へちょいと結びつけると、

係「どうぞ、こちらへ」

と、また、もとのところへ案内します。〝なンでこんな物がつくのだろう？〟自分のセガレへ、こんな鈴をつけたりして……しかし、なにかこれには仔細《しさい》があるンだろうと思うから、我慢をしていると、また、わきの僧の袖を引いて、連れ出して、おン

なしようなことを言って、セガレに鈴をつけちゃう。

こうして、千人からの若いお坊さんに、残らず、その鈴をつけちまった。ところへ乗物が到着しまして、御簾《みす》のうちから、ご住持のお声がかかる。

住持「今日は、遠路のところ、一同、ご苦労……」

これだけの言葉があるというのは、大変なことなんですナ。

住「本日は、吉例吉日《きちれいきちじつ》たるによって、御酒《みき》、魚類を食するように……」

酒と肴《さかな》を許しちゃった。遠慮せんでやれという。おかしいナと思っているッてェと、そこへ、酒とか刺身《さしみ》とか、卵焼きだの鰻《うなぎ》だの、付き合ったこともねえ食物《もん》ばかり、ズーッと続いてくる。

係「ただ今、酌人《しゃくにん》を出します……」

お酌《しゃく》の者を出す。どんな者《もん》が来るだろうと思うてェと、これが新橋《しんばし》、柳橋《やなぎばし》……そういう花街《ところ》の指折りの芸者なンですナ。年のころは十七から二十《はたち》まで……。旧の五月ですから、着てェる着物は、全部、揃いで、紺《こん》の透綾《すきや》でナ、〝紺透綾〟……。今ァ透綾というものはない。現在《ただいま》でいったら、なんてンでしょうナ。すきとおった紺透綾……、それに〝ゆもじ〟……ゆもじですナ、そのゆもじが、三尺の丈《たけ》で、ごく幅のせまいものをしめている。

で、その肌の上に、ジカに紺透綾《こんすきや》を着る……というナンで、みんな出て来る。色は、こゥッと……抜けるように白いところへ、紺透綾……すき通って見えちゃうわけですナ。

〽庭に水、新し畳に、伊予《いよ》すだれ
透綾縮《すきやちぢ》みに、色白のたぼ

また、これは極上ですナ、涼しくってネ。
反対に暑っ苦しいのもある。

〽九尺二間《にけん》に、太ッちょウ
背中で子が泣き、飯《めし》が焦《こ》げつく

なンてのは、こりゃァもう、暑ッ苦しい。
透綾縮《すきやちぢ》みに色白のたぼ……三百人からの女が、そこへパアーッと出て来た。えッ、一人としてヘンなのはいないんだよ。水のしたたるようないい女。こちらは坊さんで、これまで、女なんてェものは、そばにも寄らねえんだからネ。これが、初めて、そういうようなご婦人が、前に来た。おまけに紺透綾……それで、前に坐られた。

芸者「あい、お酌ゥ……」

てンでネ、お乳《ちち》なんざ、タアーッと、この……蕎麦《そば》まんじゅうに隠元豆《いんげんまめ》が乗っかってるようでネ。中にはまた、大きいのもある、糠《ぬか》袋の先に、ドングリのくッついたようなのが……。背中で子どもが泣くと、

「泣くんじゃないよ、オッパイお飲《あ》がんな」

（と大きな垂れ乳を両手で肩にかつぎ上げるようにする）なンてなものとはちがう。なんともいえない……えー、アレなもんであります。ネ、肴はごく上等なヤツに、酒だっていいんで、前にピタリッと坐って酌をする。

芸「あの、お銚子のおかわりを……」

といって、ツッと立て膝をする。えッ、立て膝ァするとネ、幅ァせまくて、丈《たけ》ェ短ッけェゆもじなんですからね、そいつでもって、ツッと立て膝されて……、
若僧「こ、これはとんでもない、なんたることだ、これは……」

泣き出した坊さんも出て来る。

ツッと女がいなくなると、代わりの女がすぐ前へ坐る。これも美人ですからな。それが〝さァ、おひとつお酌ゥ……〟ッてンで、飲まされて、

〝こ、これはどうもならんナ。だが、これも修行だ。これにはなにかあるだろう〟ッてンで、我慢をして、グーッと、この、……前を、手で押さえているッてェと、

芸「お酌をするんですよォ。あなた、なにを、そう、下ばかり向いてんのよォ……」
と、背中をポンとたたかれたから、あッと手をはなしたとたんに、
チリーン！
これはいけないと思って、あわてて押えると、また、どっかのほうで、
チ、チ、チリーン！
と鈴が鳴る。

チリン、チリン、チリン、チリン……。

と鳴って来るやつが、千人からのセガレにつけた鈴でございます。それがいっぺんに、
チリーン、リリーン！

と鳴って来たから、客殿の中は大変なさわぎ――。

すると、御簾《みす》のうちにいて、その音を聞いていました大僧正のご住持が、ハラハラと涙をこぼして、
住「あーア、情けない。もう、仏法も終わりである。これだけの若者が修行をしていて、全部が全部、鈴を鳴らすとは、何事であろうぞ⁉」

と、涙をこぼしてご覧になるッてェと、正面に一人、年ごろ十九か二十《はたち》という青き

道心《どうしん》が、目を半眼《はんがん》に閉じて、墨染《すみぞ》めの衣で数珠をつまぐりながら、静かに座禅を組んでおります。耳を澄ますと、その若い僧からだけは、鈴の音がしない。

住「あッ、この遊行寺の跡目を継ぐのは、あの僧だ、あの僧をおいてはない」

ッてンで、その僧をすぐに呼びにやらせます。

係「どうぞこちらへ……どうぞ！　いやァ、恐れ入りました。あなただけでございます、鈴の音がしないのは……。どうぞ、どうぞ、お見せを願います、さァ、どうぞ……。あッ！　あ、あなた、鈴が、ありませんなァ!?」

青年僧「ハイ、鈴は、とうに、振り切れました――」

たいこ腹《ばら》

落語の中の幇間《ほうかん》（たいこもち）の名は、たいてい一八（いっぱち）。これもその一八が活躍する。『風呂敷』とおなじく、見せる要素が大きいだけに「動く漫画」となる。題名は『幇間腹』や『太鼓腹』ではなく、そのふたつをかけた『たいこ腹』でなくてはいけない。

えー、どうもこの、落語《はなし》のほうはってえと、何かに凝るという……。人は頭というものを使うので、頭の大きいおかたは、えー、やはりご発明だそうですな。われわれのほうにも、ずいぶんと大きな頭の人間がいますから、いいかと思うと、こっちはボンヤリしてますからな。大学の先生にうかがうと、「イヤ、君のほうのはダメだよ」

「でも、頭ァ大きいですよ」

「大きくたってダメだよ。ミソが少ねンだから」

つまり容物《いれもの》だけ大きいんですが、脳味噌がはじにちょいとしかねえんですからな。

どうもいけませんもので……。

源頼朝（鎌倉幕府初代の将軍）という人は、大変頭が大きかったそうですな。

拝領の頭巾《ずきん》梶原縫いちぢめ
なんて川柳もございます。

頼朝さまのシャリコツ（しゃれこうべ。髑髏《どくろ》のこと）を昔、見せてた時代がある。

「（見世物口調で）これは頼朝公のシャリコウベ、近う寄って、ご拝《はい》とげられましょう……」

「へえッー、これ頼朝さまのシャリコツですか？　頼朝って人は、頭が大きかったって言いますが、こりゃァ、ずいぶん小さいですねえ」

「（同じ口調で）これは、幼少のときのもの……」

幼少のころのシャリコツてえのはない。

まあ、人というものは、えー、いろいろな道楽があるものでありまして……。

若旦那「どうも、道楽もあきちゃったね。え、こないだね、うちの親父が風邪をひいたときに、鍼医《はりい》を呼んでハリを打った。あー、ありゃァまたいいもんだ。鍼医さんがハリをやってるってえのはな。パッとこう打つな。

おれもひとつ、あれを研究してやってみようかってンで、ハリの道具を買ってから、壁へ打ったり、枕へ打ったりしたけれど、どうも面白くねえ。なんか生きてるものに打ちてえもんだなァ。

えー、猫が来やがった。猫に打ってみようかな……。あー、来い来いッ、来い来い来い来い……」

ニャアーオ。

若「うん、おまえにハリを打ってやろうか」

ニャアーオ。

若「ほうら、打ってやるぞ」

ニャアオン、ふうッ、ニャオン！

若「あっ、あっ、畜生。引ッ掻いて、ハリを持ってっちゃった。いけねえやね、こらァ、猫はいけねえ。

人間に打ちてえな、だれか打たせる者ァいねえかしら。うん、そうだ。たいこもちの一八《いっぱち》がいいや。ね、あいつがいい。〝若大将のためなら命はいりません〟なんて言いやがったからね、ウン。あいつにひとつ打ってやろう。あすこの待合《うち》にいって、あいつを呼んでやろう」

女将「まあァ、こんちは。昼間からおいでになったんでございますか」

若「うん……」

女「ちっともお見えになりませんので、どうしてらっしゃるかと思っていましたら、こんな昼間、突然おいでになって……。まァ、どうなさるんです？」

若「うん。あー、一八を呼んでくれ」

女「一八っつぁんを？　はァはい、かしこまりました。

おいおい、ちょいとだれか、いないかい？　えー、一八っさんを、急いで呼んどくれよ。あのね、若旦那が、おいでになってるからって、検番にそう言ってごらん。

検番にいなかったら、マァーちゃん（麻雀）のほうへ行ってごらん。マァーちゃんに凝ってんだから……。マァーちゃんだよ、マァーちゃんたって、女の子じゃないよ。早く呼んどいで」

若「呑むものはあとにしてなァ、一八にちょいと、用があるんだ」

女「まァ、さようでございますか」

若「うん、一八が来たら、おまえはちょっと階下《した》へおりてくれ」

女「あーら、それでどうしようってンです？　えー、なんかわるい相談でもするんじゃないですか。え、そうじゃない？　じゃなんなんですよォ。あら、いいえ、じゃあね……。

あーら、一八っつぁん、早いわね。え、あのね若旦那がおいでになってンですよ。そっちへおあがんなさいよ」

一八「ほッー、よおッ、どうも若大将、お見えになるとは思わなかったね。ねえ、こゝとこ、ちっとも来ませんね。どうしたの？　え、いやだよ、ふん。ほかをどっか、泳いでたんじゃないかい？　え、このあいだ、あなたに会いましたね。それから別れて以来、ちっとも会わねンだもの。え、こないだあたしと別れて、どこへ行ったの？　うん、はァ、さては温泉へ彼女と、なんざいやだよ。それからどうしたんです？　帰りに……うん……ほほッ……。面白いな……ふゝふゝ。行きたいね、あたしも、アッハハッハ……、ウハハ……、よッ！」

若「うるせえな、おまえは。実はなァ、おれはおまいに頼みがあるんだが、聞いてくれるかい？」

一「なんですよォ、聞いてくれるかなんて、あァた、ねえ、これをやれっておっしゃってくださいよ。聞いてくれるか……なんて、そんな水臭いこと、言っちゃいけませんよォ。

ねー、あたしがこれだけになったのは、あァたのおかげだ。一八、さァやれ、やってくれって命令で、なんでもやる。おめえの命をくれってェば、へイ、こんな首だってあァたに差しあげますよ。えー、わたしは首なしで、家ィ帰っちゃうから……。なんでもやりますよ」

若「本当か？　えー、そうかァ。実はおらァ、少し凝っちゃったものがあるんだよ」

一「へえ、あなたのお凝りになったの、なんでしょう、小唄じゃないかしら？　あァたはオツなのどだよ。えー、この前、ちょいと聞かせてもらいましたよ。障子の外でちょいと聞いたよ、あっしは……。

〝今朝の　別れに　主の羽織が　かくれんぼ〟

なんぞよかったねえ。えー、

〽雨がァ……あんなにィ……降るゥ……わいィ……なァ……

ときたときには、わたしは、うまいなァと思って、ブルブルッと震えて、便所《はばかり》に二度行った」

若「なに言ってやがンでえ。おれがいま凝ってるのは、小唄やなんかじゃねえんだよ」

一「へえー、じゃァなんです？」

若「おれはな、鍼に凝ってんだ、ハリに……」

一「ハリ？　ようッ！（ポンと手を打って）あァたは、また針なんかに凝るね。えー、女の子がやってるってえと、〝まずいじゃねえか、こっちへかしな。褄下《つましした》はこうやるんだよ〟

〝あァーら、お見事だわねえ〟なんて、ちょくちょくやるんでしょう、仕立物を？」

若「そうじゃねえ。おれのハリってえのは、ハリ、ねえ、わたしはアレが好きでね。ちょいと具合がわるいときなんぞ、〝先生、ちょいと頼みますよ〟なンてんで打ってもらうと、すぐなおっちゃう。ワッハッハァハ……、鍼医さん、ここへ呼びましょうよ。え、ハリの研究に……」

若「うるせえな。おれは研究するんじゃない、おれがハリ打つんだよ」

一「あァたがお打ちになるの？　へえー、ご婦人にかい？　〝あー、苦しいよォ〟〝おれがハリ打ってやろう。どうだい？〟〝あー、なおっちゃったわァ、命の恩人だわよあァたァ〃なんて、この助平」
若「なにを言やがんでえ。おれは女やなんかに打つんじゃねえ」
一「あー、そうですか、じゃ、だれに打つの？」
若「うん、おまえに打ってやろうってンだ」
一「へえっ？」
若「おまえに打ってやろうってんだよォ」
一「あっしに？　ウハッハッハ……、うん、アハハハ……、うわァ、ウヘヘ……、ウハハハ……」
若「うれしそうだな。打ってやろう」
一「うへへ……、ウソだろ」
若「ウソじゃない。本当に打つんだよ」
一「うへへえ、どうもね、あたしは、ハリは、嫌いなんだ。それも大嫌い」
若「いま好きだって言ったじゃないか」
一「いいえ、昔は好きだったんだ。ところがいまはもう無病でね。もう、ハリなんてものはいらないんですよ。ねえ、何かほかのことしましょうよ」
若「いやだ。ハリを打つんだ。おまえに打ってやるんだ、いやか？」

一「いやだ」

若「いやならよしな。おめえ、さっき何ンてった。えー、おれのためなら命もいらねえったろう。え、首だって差しあげるって言ったじゃねえか。えー、だからおれ、芸人は嫌えなんだよ。口と腹とは、まるっきり違うからなァ。よしな、よしなッ！　なにもおまえだけが、なァたいこもちじゃねえや。ほかにいっくらもいるんだ。洒落で打たせるんだ。なァ、羽織の一枚もこさえてやって、それに金の五、六千円もやりゃァ、おめえ……」

一「おうッとっと……。チョイチョイ、チョイチョイ、ねえ、あァた、チョイチョイ、ちょい待ちだ。な、なに言うんだ、あァたは……。あなた変なことというね。そのねえ、あァたそのねえ、人の股座《またぐら》から手ェつっこんで、背中ァ掻くようなことを言わないでくださいよ。えー、あたしはねえ、いやだってんじゃないンですよ。いやじゃないんだよ、いやだけれども、あなたのためならと、言おうと思うところに、あァたのおむずがりが始まったんで……。

やってくださいよ。いいですよ、いつやるんです？　うん、来月の五日ごろ、日のいい日をみてと……。えッ、いますぐゥ？　早いねまた……。

えーと、じゃァちょいとだけお伺いいたしますが、あァた、なんですか、ハリをおやりになったことが、あるんですか？」
若「そりゃァやったさね、壁だとか、枕やなんか……」
一「うへッ、い、いやなものをやるね。生きたものァやりましたかね？　あなた、鼻から息の出るようなもの……」
若「そりゃ、猫を……」
一「ネコはいけないよ。人、人間はどのくらいやりました？」
若「おめえがはじめてだい」
一「やだよ、そりゃァ、や、やだよ。わたしが初めて、そりゃないよ、どうもなッ。じゃァね、打つとこを、こっちから言いますから、そこへ打ってくださいねえ。えー、踵《かかと》にひとつとそいから……」
若「やだよ、カカトなんか」
一「カカトがおいや？　じゃ、手のこゝんとこ、チョコンと打ってくださいな」
若「手もいやだ」
一「じゃ、どこへ打つんです？」
若「腹へ打つんだ」
一「腹？　いやだよ、そんなやわらかいとこ。あァた、そりゃいやだよ、こわいよッ。

ハリは！

じゃァ、すいませんけれどね、あたしのは、先からね、タテのハリは利《き》かないんですよ。ヨコに打ってくださいな。皮をこォつまんどいてね、横からキュッと打ってください。ねー、皮つまみ上げの横打ち……ってやつを」

若「帯を解いて、寝ろい」

一「だけどもさ……。えー、おどろいたねえ、どうも……。うー、ねえ、ゆうべの夢見がよくなかったよ。ね、変な夢見ちまったんだ。帝釈《たいしゃく》さんが、安倍川（餅）喰った夢だよ」

若「なに言ってやがんでえ、そこへ寝なよ。ウン、いいかいッ」

一「どうかひとつ、なにしてくださいよ。ええ、やるんなら、やるって言ってくださいよ。こっちもいろいろ覚悟がありますからね。ふいにやんないでね、ええ、皮つまみの横打ちでひとつ……。さ、よろしゅうございます。へい、どうぞお願いしますよ。ほッ、いよおッ、うまいッ！（ポンと手を打って）うまいね、あァた。えー、その探り具合《ぐわい》、実にうまいもんだねえ。キューッとこう、痛くもなんともない……。ええーッ、まだやらないんで？　これからやるんですか？　じゃァ、そうッとね……。え、横に打ってくださいよ、ヨコにですよ。え、お願いしますよッ。〽横にィ、打ってと……。

痛いッ！　あいてて……痛いよ、あァたァ。ヨコへ打ってってのにタテにじゃァ、痛いじゃねえかッ」

若「ハリが折れたい」

一「冗、冗談じゃねえや。あァた、あなた、一体どうなるの？」

若「迎えバリを打ってやる」

一「やだよ、迎えバリなんざァ。あなた、あッ、痛てって……、痛いよ、あなたッ」

若「また折れた！」

一「うわーッ、冗談じゃねえよ」

若「ハリに肉がついてる……」

一「冗、冗談じゃねえッ。痛えなァー、どうも、たはーッ！」

若「おら、帰ろう」

一「冗、冗談じゃない。あァた、こすいや。チクショウ！　ドロボウッ！」

女将「どうしたんだい？　おまえさんは？　なんだよ、ドロボウだなんて？　若旦那は大変怒って、帰ったよ」
一「怒って帰ったどころじゃないよ。あたしは本当に情けないよ。えー、ごらんなさい」
女「おなかに、血がでてるよ」
一「血がでてるって、あたしがいやだいやだってえのに、なんでも、打たせろって、打たせたらハリが折れてこの始末さ」
女「まあ、だけどもさ、おまえさんもタイコだろ。いくらかになったろ？」
一「いいえ、皮が破れてたから、な（鳴）りませんでございます」

三年目《さんねんめ》

「怪談めいたおはなし」(開口一番)ではあるが、怪談ばなしではない。名人円喬(志ん生が「最初の師」として尊敬した人)ゆずりの夏の演題。死んだ女が、葬式の納棺のとき坊主頭にされるのは、仏門に帰依《きえ》することを意味している。さり気ない枕に工夫がある。

えー、『三年目』という、ちょいと、このォ、怪談めいたおはなしを申しあげます。えー、落語《はなし》というものは、マクラを振って、それからはなしに入ってゆく。マクラというものは、えー、まァ、路地の抜け裏をさがしているようなもので、こう曲がってこう出て、あっち行こう、いやこっちへ行こう……なんてンで、ほうぼう歩いているうちに大通りへ出るというようなわけでありまして、ウー、講釈のように、すぐこの、（強く）「さればァ……」なんてンじゃァないんですナ。

講釈はってえと、凄いところで、パッと切っちゃったりすることが、よくあるんでありまして、

（講談の怪談風に）夜は、次第に更けわたりまして、いずこで打ち出《いだ》すか鐘の音、陰にこもって物凄く。かの武士が、ジッと腕を拱《こまね》いて、ひとりで考えておりますと、天井からポタリとたれてくる血潮……。

（ポーンとひとつ張り扇《おうぎ》を入れて）

「あやしい奴、何ものであるか？　この血潮は、何事であろうか？」

と、おっとり刀で、二階をさして（ポンポン）タタタタタッ……と駈け上がる。

二階の障子を、サラッとひらいて（ポン）、中へとび込んだが……。

このおさまりはどうなるか――。

なんてンで、切っちゃったりする。

ねえ、だから、お客は気がもめます。

甲「え、なんですね、あの血は？」

乙「さあ、なんでしょうねえ。ともかく、すごいことになりそうですよ」

なんてンで、あくる晩も行ってみると、

講釈師「昨晩の血をよくよく見たら（ポン）猫が、ねずみを取った血だ」

つまらない血があるもので……。

えー、むかし、この、本所に七不思議てえのがありましたナ。〝足洗い屋敷〟といって、天井から血のついた足が、ニューッと出て来たりなんかする。こいつを洗ってやると、足が引っ込んじゃう……。

「あッ、出たッ」

てンで、足を洗ってやると、クーッと引っ込む。これは、狸がやったんだそうですナ。狸が、足を出しちゃァ洗ってもらっている。ところが、世の中がだんだんと、せわしくなってくるってえと、狸だって、そんなのんきなことばかりはしちゃァいられませんからナ、そのうちに、こんだ狸のほうで、足ィ洗ってやめちゃった……。

本所には、まだ〝おいてけ堀〟なんてえのがありまして、そこではいくらでも魚が釣れる。でネ、ウンと釣ったやつを、持って来ようと思うと、うしろのほうで、

「おいてけ、おいてけ、おいてけ……」

なァに、置いてくもんかと思うと、寒気《さむけ》がする。しようがないから魚籠《びく》をパッと放すてえと、もう魚を取られてしまう。

この本所のおいてけ堀（現在の総武線錦糸町駅の前あたり）てえのも、すっかり埋め立

てンなって、もうありゃァしませんが、いまでもどっかへゆくてえと、お白粉《しろい》をつけた姐《ねえ》さんがネ、酔っぱらったお客ゥつかまえて、

「いくらか、おいてけ」なんていう……。

こっちの〝おいてけ堀〟は、銭《ぜに》を取られちゃうというようなわけでありまして、実にどうもしようのないもんですナ。

えー、人間というものは、よくくやしいとか、うらめしいというようなとき、この〝気がのこる〟なンてえことをいいますが、本当にそうじゃァないかなんて思うことが、よくあるもので……。

ここに、仲のいいご夫婦がございます。

親子は一世、夫婦は二世、主従《しゅうじゅう》は三世で、間男《まおとこ》はよせ……というくらいで、ご縁があって夫婦ンなる。お二人が揃って健康なときはよろしゅうございますが、どちらかが病人となると、こいつは気が落ちつきません。

只今と違って、むかしの医者というものは、病気なんてよくわからない。「だろう」ぐらいで、くすりを置いてくンすな。

これじゃァ、なおるもんだってなおりゃァしない。だんだんだんだんだんと、具合がわるくなってくる。

亭主「あー、瘦せたねえ、おまえは……。えー、どうもしようがないもんだねえ、だけどもネ、おまえの病気てえなァ、気のもんだよ。気でなおるんだよ。医者《せんせい》もそいってたよ。だからネ、くよくよしないで、このくすりでも飲んで、早くよくなっておくれよ、ネ」

女房「あたしのはネ、もう、くすり飲んだって、なおりゃしませんよ」

亭「そんなバカなことってあるかい。え、このごろはネ、よくなって来たって、みんなそいってるじゃないか。そんな、気病《きや》みしないで、どんどんよくなることを考えなきゃァ、ダメだよ」

女「いいえ、なおりません。あなたは、そんなことおっしゃいますが、もうお医者さまを取っかえたのは、六人目じゃァありませんか。六人のお医者さんが、みんな首をかしげてしまっているのを、あたしゃァよく知っているんです。おとといも、いまの先生が、あたしの様子を診《み》てから、あなたを屛風《びょうぶ》のかげへ呼んだじゃァありませんか。何を話してるのかと、あたしゃァ這い出してきいたらば、え、〝ご新造《しんぞ》さんは、長いことはないから、まァ、遺言があるならば、よそながらきいといたほうがいい〟って……あたしゃ、きいていましたヨ」

亭「(怒って)なぜそんなことォきくんだい。え、それがいけないてンだよォ。あの先生が、そいったって、その先生ばかりが医者じゃァない。まだいくらでもいるんだから、えー、またほかの先生に診てもらやァいい……。え、おまえは、わかんないねえ、なんでもいいから、なおることとォ考えなきゃァいけないんだよ、ほんとうに」
女「でもサ、あたしゃ、もうこんなになっているんだから、生きていたってしようがないヨ。生きていれば、あなたに、いろいろと、手数をかけたりなんかしなくちゃならないから……あたしは、本当は、死んでしまいたいンだけど、あたしはネ、死ねないわけがあるんだヨ」
亭「え？　どうして、死ねないわけがあるの？　え、そりゃァ、人間は誰だって死ぬのはいやだよ。でも、死ねないわけって、一体何だい？」
女「はい、心残りがあるんです……」
亭「心残り？　どんな心残りがあるんだい？　いってごらんよ」
女「死んでいくあたしがネ、あなたに、そんなことというのも変ですから、まァ、やめましょう……」
亭「なんだい、やめるこたァねえじゃァないか、え。そこが夫婦の間じゃァねえか。そりゃァナ、人間は寿命だからねえ、〝あー、おれは長生きをしよう〟と思ったって、いつ、どんなことがあるか知れやしない。

はっきりいってごらんなよネ、きいてみて、〃あー、そうか〃と思やァ、別にあたしだって……。ね、そいってごらんよ」

女「……それじゃァ、申しますが、あたしゃァあなたに、親切にしてもらって、こんなうれしいことはありません。あなたのような夫《おっと》は、とてもありません。でネ、あたしが、目をつぶれば、あなたはきっと、二度添えをお持ちンなるんでしょう。そうすれば、またあたしのように、親切に可愛がるかと思うと、それが心残りで、あたしはとても、死ねません……」

亭「おい、おい、おまえはネ、病《わずら》ってやきもち焼いちゃァいけませんぜ。え、何をいってンだよ、ウン。おまえにネ、もしものことがあったって、おれが二度添えなんぞ、もらうわけァないよ。おれはネ、生涯独身《ひとり》でいるよ」

女「いいえ、それはダメでございます。あなたが、いくら独身でいるといっても、まだ年はお若いし、親御さんもあるんですから、どうしたって、すすめられて、おもらいになりますヨ」

亭「いや、持たないッ！　おれは独身でいるよ！」

女「いいえ、持ちますッ。あとで、きっと持つに違いありませんッ」

亭「あー、そうかい、そんなに、おまえは、おれをうたぐるのかいッ、ウン。じゃァ、あたしゃァ持たないがねえ、もしだヨ、親戚やなんかにすすめられて、義理に迫られて、あたしンとこへ、女房が来るってことになったらばだよ、どうせおまえは、気が残って死ぬんだからナ、婚礼の晩にでも、出て来たらいいじゃないか。え、そうすりゃァ、相手の女だって、目ェまわすとか、なんとかなっちまう。え、こわいからって、あくる日ンなって帰っちゃうだろう。ね、また人が世話する。またもらう。婚礼の晩に、おまえが、また〝うらめしいィ〟かなんかいって出てくれば、そうすりゃァおまえ、〝あそこのナニは、センの女房の幽霊が出る〟って評判になって、誰も世話のしてもなくなるだろう。そうすりゃァ、生涯おれは独身《ひとり》でいるようになる……」

女「出て来て、よろしゅうございますか……」

亭「あー、出ておいでよ。あたしゃァ、おまえに会いたいよ」

女「そうですか。それではきっと出ます、あなたの婚礼の晩には、きっと出ますからねえ……」

亭「あー、出ておくれ、出ておくれ。約束しておこうよ。

（ふッと気がついて）けどネ、そんなことは、おまえが目ェ眠《つぶ》ったのちの話だよ。つまんないことを気にしないで、とにかく、早くよくなることを考えなくっちゃいけないよ、いいかい、え、おい……。

（びっくりして強く）おい、どうしたんだい、おまえッ！　お菊ッ！」

こういうことをいうと、この女房のお菊というものは、大変安心したものか、それから間もなく、世を去ってしまいました。

百カ日がすむ——。

伯父「おい、おまえ、いつまでもひとりっきりというわけにもいくまい。え、女房をもらわなきゃァダメだよ」

亭「いいえ、あたしは、持ちません」

伯「どうして持たねえんだ。え。女房も持たないで、ここン家《ち》をどうするんだ？」

亭「どうするったって、あたしは、生涯独身で暮らします」

伯「バカなことォおいいでないよ。独身でいられるわけァない……」

亭「伯父さんが、なンてったたって、わたしは死んだお菊と約束して、独身ときめたんです。えー、女房と名のつくものをもらったって、ダメなんですよ。婚礼の晩にネ、あのお菊が〝ヒュー、ドロドロ〟って出て来ます。

え、いやでしょう、そんなのが出て来たら……。来る者《もん》だって、かわいそうですよ。

目の一つも回さなきゃァなンねえし……」

伯「バカだな、おめえは……。そういうこたァナ、え、ズーッと大昔の話だァな。え、頭にチョンマゲを結って、褌の下がりを顎《あご》ではさんでいた時分のこった。なにいってやがンでえ。え、死んでしまったもンが、どうして出られるんだ。体なんぞなくなっちまったんだぜ。出られるわけァないじゃァないか。生きてる者だって、満足にゃ喰えねえてえ世の中に、死んだ者が喰えるわけァねえし、フラフラしちゃって、出られっこないだろ。そういうこたァ、みんな神経なんだ。

いいから、おもらいッ、おもらいってんだ。え、実ァネ、ぜひおまえのところへ、嫁きたい《い》という娘さんがあるんだよ。先方からそういう話が来てるんだから、おもらいよ、ねッ」

伯父さんに、こうすすめられては、断わり切れません。

亭「そいじゃァ、婚礼の晩に出て来たって、あたしゃァ知りませんよ。相手の嫁に、気の毒な思いさしたって、知りませんよ」

てンでナ、さて、いよいよ祝言の晩となりましたが、自分だって、あんまりいい心持ちはいたしません。

〝今夜は、出るんだなァ〟

と思うてえと、ただそればかりが気になります。

その晩は、花嫁をさきに休ませて、自分ひとりで起きている。もう出てくるだろう、出てくるだろう……そのうちに夜は更けてくるが、いつまで待っても、出て参りません。そのうちに、東が白んで、夜が明ける。

亭「なんだい、出て来ないじゃァねえか。ちえッ、出る出る出るッて、あれほど約束しておきながら、出て来やァしねえ。

もっとも十万億土から来るんだから、道のりがずいぶんあらァね、ウン。そうは出られねえやナ。

それに、ゆうべは初日《しよにち》だからネ、きっと遅れちゃったんだよ。今夜は出るだろう、え、二日目だからナ……」

てンで、その晩も、出て来るだろうと思って待っていたが、これが出て来ない。夜が明けた。

毎晩、毎晩、寝ないでいる。ひと月たっても出て来ない――。

亭「ちえっ、バカにしやァがる。え、出て来ねえじゃねえか。こっちは、ほんとうに毎晩こうして寝ないでいるってえのに、すっかりだまされちゃった。こんなこたァ、もうバカバカしいから、もう思うのはよそう。

それより、今の女房ォ大事にしてやるほうが、よっぽどいいわ」

てンで、すっかりそういう気になった。

そうしているうちに、間もなく男の子が生まれた。一年たち、二年たち、三年たちました。

ちょうど、お菊がなくなって、三年目でございます。

亭「おい、今日はねえ、センの女房の寺まいりに行くからなァ、え、おまえも一緒に来てくれ。ウン、坊も連れて来な」

お寺へ行って、一生懸命おがんでいる。腹ン中ではナ、
亭「おまえのようなウソつきはないよ。え、婚礼の晩に出る出るって、とうとう出やしない、三年たった《の》って、出て来やしないじゃないか。地獄だか極楽だか知らねえが、え、そっちでいい男が出来たんじゃねえのか。おれのことが、いやンなったんだろう……」

なンてことォいっている。

子供をほうぼう遊ばせて、わが家へもどって参ります。

一杯のんで、グッスリと寝るつもりが、その晩にかぎって、どうしてもねむることが出来ない。ひょいと見るってえと、わきに女房が、子供ォ抱いて寝ている。

亭「あーァ、なんだねえ、え、女も子供が出来ると、かわっちゃうねえ。子供の心配で、すっかり疲れて、死んだようになって、寝込んでやがる……。

今日も、寺まいりに行って、そう思ったねえ。なー、あのお菊だって、丈夫でいりゃァ、やっぱりこんな子供が出来て、仲よくしていられるものをなァ……。死ぬもの貧乏てえことをいうけど、本当に可哀そうなことォしたなァ……。

ところで、もう何刻《なんどき》なんだろうなァ……」

どこかで打ちだす八つ(午前二時)の鐘が、ボーンと鳴って、行灯のあかりがだんだんくらくなる。途端に、障子ィ髪の毛が、サラサラサラッ……。

亭「なんだい、いやだね。え、こんなことって、今までにないことなんだが……」

見ると、屏風の脇へ、髪をおどろにのばしたお菊が……。(と、両手を前に垂らして)

亭「おや、おまえは、お菊じゃないかい？」

女「うらめしや……」

亭「うらめしいって、何がうらめしいんだよ。うらめしいてえのはナ、え、裏でめしを喰うから、うらめしいてンだ。なんだい、おめえみてえなウソつきはないよ。え、おめえはおれと、何と約束をしたんだい？」

女「二度添えを、もらったら、出て来いというから、あたしゃァ、出て来たんですヨ。

あなたは、女房を持たないといって、持ったじゃァ、ありませんかァ?」

亭「あー、持ったよ。持ったけどなァ、おめえは、おれが二度添えを持ったら、その婚礼の晩に出て来るって、堅く約束したじゃァねえか。

そいつを、今ンなって〝うらめしい〟って、へッ、なにォいやァがる。何がうらめしいんだ。約束をどうしたってんだよ、約束をッ。おまえはネ、生きてるうちは、ずいぶんモノわかりのいい人間だったが、死んだらネ、なンだよ。ものごとがわかンなくなって来たねえ。そんなわけのわからねえ、ムク犬の尻《けつ》にのみが入《へえ》ったようなことをいったって、もうダメだよ。気のきいた化け物なら、とっくに引っ込む時分だよ。あたしゃァね、あの当座というものは、おまえが、今日は出て来るか、あすは出て来るかと思うから、え、昼間寝《ね》、夜起きて待ってたんだ。もうねむろうと思って、目がくっついて来ても、夜の明けるまで、おめえの出て来るのを待ってたんだぜ。それが、一向に出て来ねえじゃァねえか、ふた月たっても、三月たっても……。

しようがねえからって、今の女房ォもらったんだ。婚礼の晩だって、出やしねえじゃないか。今ごろンなって、なにをグズグズいってンだい。冗談じゃァねえよ、ふんとにィ……」

女「そりゃァ、あなた、あんまりじゃァありませんか。あたしだって、あなたの婚礼の晩も……それから赤ちゃんがお出来ンなったのも、何だって知っています。出て来たいのは、そりゃァ山々ですけども、あたしゃァ出られないじゃァありませんか」
亭「何で、出られないんだ？」
女「だって、あたしを棺に納めるときに、皆さんが、あたしを取りまいて、みんなでカミソリを当てて、あたしの頭の毛を、すっかり剃ってしまったでしょう……」
亭「そうさナ……」
女「ごらんなさいナ、あたしゃァ坊さんにさせられたんですヨ。婚礼の晩には、おまえさん、坊さんの姿じゃ出られないよ。
だから、あたしはネ、自分で髪がのびるのを待って、出ようと思ってネ、ちょうど三年たって、これだけの髪になりました。坊さんが出たら、おまえさんに愛想《あいそ》をつかされやしないかと思うから、髪の伸びるまで、待っていました」

後生鰻《ごしょううなぎ》

志ん生十八番《おはこ》の好短篇。上演回数もたいへん多かった。天王橋《てんのうばし》はのちの須賀橋《すがばし》(蔵前あたり)で、浅草観音への参詣の道すがらということになる。廓、花柳、酒、妾などどれにも当てはまらないのに、戦時中〝禁演落語〟に指定されたのは、サゲが残酷とみられたため。

えー、よくこの……われわれのほうに、信心ということを申します。信心は徳のあまりでございますけれど、ほんとうに信心をなさる人は、やはり少ないですナ。いろんな信心がある。

えー、よくこのゥ以前はてえと、どこの橋のところにも、放し亀てえのがありまして、亀の子を吊して売っておりますな。それを逃がしてやるということは、大変功徳《くどく》になる。だから、この亀の子を逃がそうと思ったら、すぐに逃がせばいいんですがね。中にゃ、このォ、大変、逃がす前に、亀の子に恩をかけてンのがある。

男「こいつゥ、逃がしてやらァ」

商人「へえ、どうも、功徳になりますよ」

男「うん万年の寿命があるんだからなあ」

商「そうですよ」

男「こないだ、おれ、夜ネ、亀の子買ったら、朝、死んじゃったよ。ちょっと、掛け合いに行ってやったら、万年目でしょうっていやがるんだよ、うめえことをいってやがんねえ。

（亀に）なあ、おめえ、あー、おれ逃がしてやっから……いいか、おれの恩を忘れるな！　いいか、なんかおれをもうけさせろ。おれの顔、よく見とけよ、え、こういう顔だから……。な、おれは義俠に富んでいるんだからな、ありがてえと思えよ、あー、エヘン、ウッフン！

（亀売りの商人に）そっちの少し小せえのはいくらだ？　四十銭？　あそうか……ウン、これが六十銭か、じゃ、そっちのほうにしよう」

なんてンでね、え、さんざん恩にかけといて、となりの安いほうの亀の子逃がしてやったりなんかするから、こっちの亀の子はおもしろくなくって、隣ィ逃がしやがったな。

亀「このしみったれ野郎め、さんざん恩にかけやがって、え、覚えてやがれ。てめェ、とっついてやるから……」

じゃ、なんにもならねえ、逃がしたのが……。

ですからこのゥ……ご信心もいろいろですが、年をとってくると、ほんとうに殺生《せつしよう》を嫌いましてナ、倅さんにご家督《かとく》をゆずってしまったこの……ご隠居さんで、えー、殺生大嫌い。信心家でございまして虫も殺さないというのが、この人です。

だから、夏場なんざァ蚊がくってとまって、一生けんめい、刺してても、かゆいの我慢している。

隠居「おい、かいいよ、おい……。おーい、もうよしなよ、おまえ。さっきからずいぶん飲んでるぜ。え、まだほかに仲間がいるんだよ。さ、どきな、どきな。もうあっちィ行きな、あっちィ……。ホラ、さ、そっちの……こっちへ来て、吸え」

なんてナことをいって……。

毎日のように浅草の観音さまへお詣りに行っております。

帰りに、天王橋のところまで来ると、向こう側が川で、こっち側がうなぎ屋で、うなぎ屋の親方が、今、客の注文で蒲焼《かばやき》をこしらえようというので、うなぎを割《さ》き台の上に乗っけて、錐《きり》を通そうとする。うなぎは錐を通して、割かれて、焼かれた日にゃァ、痛くて合わねえから、逃げようとする。それを逃がすまいとするような場合で……。

隠「おいおい、おいッ……」

うなぎ屋「いらっしゃい。二階上がらっしゃァい」

隠「二階へ上がるんじゃないよ。お前さん、何をするんだ、それ？」

う「えッ？」

隠「何をするんだ？」

う「え、ええ、今、蒲焼こしらえるんですよ」

隠「そのうなぎ、どうするんだ？」

う「今、割くんですよ」

隠「割くゥ？　かわいそうなことすンじゃない！　ええー、お前さん、じゃ何かい、うなぎの命をとろうというのかい？」

う「いやァ命をとるなんてつもりはねえんですがね、注文だから……」

隠「いや、いけません。そういうかわいそうなことしちゃいけませんよ。あたしの目の黒いうちは、そのうなぎは殺させませんせん」

う「おや、ヘンな人が来たよ、おい。しようがねえなァ、どうも……。え、客の注文で蒲焼ですよ」
隠「蒲焼にしてもいいから、殺しちゃァいけない」
う「そうはいかないですよ」
隠「そんなことをすることはないよ。もしお前さんがだね、え、大きな岩の上にのっけられて、えー、そういうふうに割かれるような場合だったら、どうする？」
う「あたしゃそんな悪いことァしないよ」
隠「うなぎだって、何ィ、悪いことをした？　え、そんなことをしないで、そのうなぎを前の川に逃がしてやんなさい。うなぎァ喜ぶから……」
う「うちゃァつぶれちゃう、そんなことしたら……」
隠「うん、逃がせないかい？」
う「商売ですからね」
隠「商売といわれりゃしようがねえ、え、じゃァ、あたしが買って逃がしてやろう。ええ、そんならいいだろう」
う「ええ、そんなら、ようがすとも」
隠「いくらだ？」

う「え、二円ですよ」

隠「ええ、お待ち。なァ、かわいそうなことばかりしてやがる。ホラ、ザルへ入れろ！　ほんとにかわいそうなことをしやがって……。(うなぎに)な、お前もあんなヤツにつかまるから、こんな目に遭《あ》うんだぞ、え？　あたしが逃がしてやるから、あんなやつにつかまっちゃいけないよ。どうだ、うれしいだろ？　うれしいのになぜ、ほっぺたをふくらまして、そういうふうにしてる。あんなもンにつかまっちゃいけないぞ！」

前の川にボチャーンとほうりこんで、

隠「ああ、いい功徳をした――」

ってンで、家ィ帰る。

あくる日、そこを通ろうと思うてえと、向こうは商売だから、また、うなぎを割こうとしている。

隠「これ、これ、これ……」

う「また来たぜ、あの人が……。昨日はすみません」

隠「また、うなぎを割くのか、おまえ……」

う「え、蒲焼をね」

隠「いくらだ？」
う「ええ、これ、二円で……」
隠「昨日よか少し小さいね」
う「え、ここンとこ不漁《しけ》ですからね」
隠「値段のことなんかいっちゃいられないから……。サ、ざるへいれろ。しようがねえナ、うなぎばかり殺しやがって……。
あんなヤツにつかまるんじゃないぞ」
ってンで、前の川へボチャーンとほうりこんで、
隠「ああ、いい功徳をした」
ってンでナ。
あくる日、そこを通ろうと思うと、こんだ、スッポンの首を切って血をとろうってンです。
隠「どうするんだ、それを？」
う「ええ、今、このね、首を切って血をとるんだい」
隠「血をとる？　そんな血を……お前の血をとれ、かわいそうなことをしやがって……ええ？　スッポンは何も知らんで首をのばしてらァ。……いくらだ？」

う「ええ、これ、八円ですよ」
隠「八円？　おアシのことをいっちゃいられませんよ。サ、ざるへ入れな。かわいそうに。
エ、な、あんなヤツにつかまるんじゃねえぞ」
てンで、前の川へボチャーンとほうりこむ。

うなぎは二円で、スッポンは八円で、毎日のように助けてると、うなぎ屋のほうで喜んじゃって、向こうから隠居が来ると、なんかしらそこへ出しておくと、買って逃がしてくれる。

あの隠居で月にいくらもうかるてえなア、うなぎ屋のほうのそろばんに入っちゃってますナ、ウン。仲間の者はもう、うらやんじゃって、
仲間「おう、おめえ良い隠居をつかまえたなア、おい。あの隠居つきで、おめえの店買おうじゃねえか」

なんてのが出て来るんですから、しようがないですナ。

それがパッタリと来なくなっちゃった。

う「どうしたんだろうねえ、あのおじいさんは？」

女房「どうしたんだろって、もう来ないよ。ええ？　最初《はな》はね、おまえさんネ、エ、

大きなうなぎ二円で売ってたから、向こうだって助けいいよ。だんだんだんだん、小さくなっちゃってサ、こないだァドジョウ一匹二円で売ったじゃないかよ。ほかァ歩いてるんだヨ」
う「あのおじいさんが来てっとなあ、小づかいに不自由しねえんだ……。
あッ、来たじゃねえか、おいッ!」
女「あー、来たね、少しやせたね」
う「わずらったんだヨ。ああいうなァ、いつ参っちゃうかわからねえから、こういうときにフンだくっておくということにしなきゃ、しようがねえ、おい、ちょいと、うなぎ出しな」
女「うなぎないよ。買い出しに行かないから……」
う「しようがねえな。じゃ、ドジョウでいいや」
女「ドジョウ? おつけの実にしちゃったよ」
う「ええ、何か生きてるもんでなきゃ、しようがねえじゃねえかよ……。あの金魚……」
女「金魚、死んじゃったんだよ」
う「しようがねえやな、もう来ちゃうよ、間に合わねえ、ネズミつかめえろ」

女「つかまりゃしないよ、ネズミなんぞ」
う「だってもう、来るゥ……。しようがねえ、うん、じゃ、もう、赤ッぼ……」
女「赤ッ坊、どうするんだよ?」
う「いいんだよ、ちょっとのあいだだ」
てンで、ひどいやつがあるもんで、赤ッ坊をハダカにして、割き台の上へのっけて、錐で刺そうとする。
隠「おいおいおいおいおい、おい、どうするんだ?」
う「ヘイ、いらっしゃい」
隠「いらっしゃいじゃねえ、その赤ちゃん、どうするんだ?」
う「ええ、今、これを蒲焼にする……」
隠「ばかやろ! なんてことしやがる! え、いくらだ、それは?」
う「ええ、こりゃ、百円ですよ」
隠「百円? 金のこといっちゃいられない。さあ、こっちへ渡しな、かわいそうに。鬼か蛇《じゃ》だぞ、てめえは……。なあ、火のついたように泣いてるじゃないか……。おお、よしよしよし、あんなやつにつかまるんじゃないぞ」
てンで、前の川に、ボチャーン——。

短命《たんめい》

若くて、美人で、金持ちで、丈夫で、ひまがありすぎる女房を持つと、亭主は短命になる。その反対の女房持ちなら長命というところから、別名を『長命』ともいう。登場人物は、横町の隠居と八っあんとそのかみさんの三人だけだが、不思議なお色気がただよう。

横丁の隠居「エエ、お茶でもいれるかなァ」
八五郎「なんか、菓子でも出しねえなァ」
隠「なんだい、菓子でも出しねえなんぞ。おまいさん、お茶がいいかい？」
八「けれど、ほんとは酒が好きなんだがねえ」
隠「いや、だけど、おまいさん、何しに来たんだよ？」

八「あのねえ……」
隠「うん……」
八「えー、向こうの家ィ、誰か、エエ死んだんですか？」
隠「死んだんですかって、それがために、あすこに〝忌中《きちゅう》〟てえ札《ふだ》がしてあらァな」
八「あれェ養子でしょう？」
隠「そう……」
八「あァんな丈夫そうなのが、どうして、死んじゃったんだろうねえ？」
隠「そらァ仕方がねえ。人間は、それだけの寿命《じゅみょう》だもの……」
八「寿命だものッたって、ご隠居さんの前だけど、あそこィ来る養子はねえ、来る者ゥみんな死んじまうよ。あっしァ、これで三人目だよ。え、最初《はな》は丈夫そうに、いやに太《ふと》ってたねえ。だけど、だんだん痩《や》せてくるってえと、え、参っちゃうねえ。こいで三人目だけども、どうして死ぬんだろう？」
隠「さァ、そりゃァ、しようがないな、短命だァな」
八「へえーッ、タンメイてえ、病気ですかい？」
隠「いや、短命ってえ病気なんぞじゃない。つまり、エエ寿命が短いッというのだァ」

八「おんなしように患《わずら》って、おんなしように死ンじゃうのは、どういうもんだろう?」
隠「うン、それァなんだなァ、まァ、そう痩せてきてそうなるということは、ウウ、あの奥さんというものが、年齢《とし》が若くって、きれいで、財産があって、ものに屈託《くったく》がないから、来た養子はどうしても短命になるんだよォ」
八「へえー、ねえ、喰《く》いすぎるんですかい?」
隠「いや、食べすぎるんじゃァないよ。ただなァ、その奥さんが、器量がいいだろ」
八「ええ……」
隠「でまァ、な、ご飯《はん》を食べるときでも、女中も使わない、ね、お給仕するときも、え、ご飯をよそってくれて、ヒョイと出すと、それを受取るだろう」
八「へえ?」
隠「そうするってえと、手が……、奥さんの手は、とてもきれいでやわらかい。それが、ちょいと、指がさわるだろう」
八「ええ……」
隠「パッと見るてえと、器量がいいだろう」
八「へえ、へえ……」

隠「で、短命だよ」
八「器量がいいから、短命ンなんの？」
隠「そうだよォ」
八「どうして？」
隠「どうしてたって、
〝あァ、俺の女房は、いい女だなァ〟
っと、思うだろう」
八「ええ……」
隠「ね、そいでご飯を食べている……、な、それがはじまりだよォ」
八「ええ？」
隠「そいで、短命なんだよォ」
八「へッ？　……で、こう見て、いい女だなァッと思って、目ェ患うんですかい？」
隠「いや、目を患うんじゃァないよ。どうもおまいさんわかンねえなァ。それまでいったらわかるだろうよ。
そいで、ご飯を食べてしまって、すんで、
〝エエちょいと、おまえ、二階に片づけものがあるんだけれども、手伝っておくれ〟

かなんかいうだろう……」
八「ええ？」
隠「で、もって、
〝そうですか〟
ってンで、先ィあの養子が上ってゆく。あとから、二階へ、あの奥さんが上ってゆかァ」
八「ええ、ええ……」
隠「二階には、だァれもいないやァ」
八「ええ……」
隠「で、短命なんだよ」
八「二階にだァれもいないで、短命ですかァ？」
隠「そうだよ」
八「二階から、落っこちんですかァ？」
隠「落っこちるんじゃないよ、じれってえなァ。（やや力を入れて）な、だァれもいねえだろう、よォ！」
八「ええ」

隠「ふたァりッきりだろう」
八「ええ」
隠「二人だよ」
八「ええ……」
隠「短命ンなるよ」
八「ふたァりで？　あァ、だァれもいねえと、たしかに二人で……、あッ、わかった、わかったァ」
隠「わかったなァ？」
八「あー、なァるほどねえ、こりゃァ短命ですねえ……」
隠「そうだ、人間というものは、貧乏してるとな、体の暇《しま》がない。な、寝るったって、横ンなりゃァ、グウーッと寝られるだろう。金があって、体に暇があって、奥さんがいい器量だってえと、どうしても短命ンなるんだ」
八「へえ……、えええ……」
隠「ものというものァ、過ぎるてえなァ、いけないなァ」
八「ええ」

隠「食べるものだって、あるところまで、食べておくもんだァ。な、それを、そのうえ食べると、ウ、体をわるくする」
八「ええ」
隠「女でも、まァ、誰だって嫌いな者はないが、ある程度我慢《がまん》するというのが、人間の、長生きをするところだナ」
八「ええ……」
隠「〝内損《ないそん》か腎虚《じんきょ》とわれは願うなり、とも百歳《ももとせ》も生きのびし上《うえ》〟というように、百年《とし》も生きのびてからなら何でもするが、まァ、年齢の若いときに、あんまり乱暴なことォするといけないんだ」
八「ええ」
隠「わかったかい？」
八「ええ、わかったァ……、あー、わかンねえような、ね……。ええ、また来ますゥ」
八「え、短命か……なるほどねえ、うっかりだからなんだなァ。短命となりゃァ、こりゃァたいへんなもんだ。

おー、どうもォ……」
女房「おまえさん、どこへ、行ってたんだい？」
八「あー、隠居さんとこへ行ったんだ」
女「なにしに行ってたんだァね？」
八「あすこの養子がな、参っちゃったんだよォ」
女「へえ、そうかい？」
八「うん、短命だァ、そりゃァ……」
女「タンメイ？　たべて来たのかい？」
八「なにォいってやんでえ、てめえなんぞにわかるか、短命がよォ……。いやァ、実に短命だなァ……」
女「うるさいねえ、ご飯《はん》たべなきゃ、しようがないじゃないかねえ、早くおたべよォ」
八「うん、食べるよォ、食べるけど待ってくんねえか、おめい……。
〝ねえ、あなたァ〟
ってんで、よそってもらってな……。
短命だよ、え、二階へ上ろうじゃねえか……。え、二階へ上りてえじゃねえか」

女「家《うち》にャァ二階はないよ」

八「じゃァ、屋根へ上ろうか？」

女「馬鹿だねえ、この人ァ。なんでもいいんだよ、おまえさんがねえ、あのォ、帰って来たんだから、ご膳《ぜん》たべちまァないと、ここ片づかないんだよ。ね、早くたべないとさァ。

いわしのぬたをたべなくちゃいけないよォ、あたしがこしらいたんだよ、いわしのぬたァ」

八「大きな声だね、おめえのは……。いわしのぬた、いわしのぬたって……。いわしのぬたなんてえものは、いいぬたじゃねえぞ。な、鮪《まぐろ》のぬたならいいけれど……。小さな声でいえやい。

大きな声で、いわしのぬた、いわしのぬたッてえやがら、あきれ返っちゃうな、本当にィ。

（大声で）だから、食べるんだよォ、いまめしを喰やァいいんだろ、本当に……」

女「おまえさんのような奴ァないねえ、ほんとにィ。あたしゃァね、おまえさんの女房だよ……」

八「わかってるよォ、なんだい本当に……。女房ったって女房のうちへ入《へえ》るかてんだ、てめえなんぞ」

女「じゃァ、あたしは女房じゃないのかい？」

八「おめえなんざァな、つまりなんでもねえや。つまりナ、てめえなんてえもなァ、ただ動《いご》いているだけなんだからな、本当にィ……。こんないい亭主《ていし》を持ちやァがって、ありがてえと思ィやがれッ」

女「なにをいってやァんで、ありがてえッてやがらァ……」（乱暴にめしをよそう）

八「もっとこっちィお寄りよッ！　そいじゃァダメだよ、めしが飛ぶぜ、方々へ……。おい、しゃもじをそうふり回すんじゃないよ！

なにをいってんだよ、え、てめえなんざァ、な、女だ女だって、女の中《うち》へ入《へえ》るかてんだ。

え、こないだだって、大掃除ンときにどうした？　てめえも俺が尻《しり》ィばしょりして、畳《たたみ》を持ちゃげたら、屑屋《くずや》が、おめえと俺を見てね、え、俺にそういったぞ。

〝あなたよか、むこうの弟さんのほうが、力がありますね〟

って、そういったぞ。な、雌雄《めすおす》の区別がつかねえんじゃねえか。なにをいやァがんでい。女だ女だってやァら……。

なんにも知らねえで、知ったようなことォいやァがってよォ。え、昨日《きのう》だってそう

じゃねえか、むこうのおかみさんが、

〝オリンピックって、何です？〟

ったら、

〝あらァ、絆創膏《ばんそうこう》でしょう〟

ってやがらァ……。

おめえはねえ、ものを知らねえで、それでペラペラしゃべりゃァがんだ。本当にィ、
俺ァやんなっちゃうなァ」

女「うるさいねえ、この人《しと》ァ……。だから、あたしァ、おまえさんに、グズグズいわれる……。

え、ご膳たべちまわなかったら、片づかないッてんだよ、本当にィ。

さ、よそったから、おたべッ！」

八「喰《く》うよォ、本当にィ。早く出しゃァがれ、茶碗をッ。

めしを喰うのに、本当にィ癪《しゃく》にさわってたまらねえや、本当にィ……。

(女房の手を見ながら) え、汚ねえ手だね、おめえの手は？ ひびだらけだよ、こりゃァ……。よくこういう手ェしてるねえ、おめえァ。さわると怪我ァするよ、おめえ
……。なんて手ェしてやがんだ、皹《しび》あかぎれで……。これでよそってくれる手かい？

なァ、どうもねえ……。

(女房の顔をしげしげ見つめて) え、おめえの顔ァどこにある? 顔、どっちを向いてんだい? え、むこう向いてんじゃァねえのかい? 裏表がわかんねえや、おめえの顔ァね。

え、これでもって、なァ、おゥ、おめえは、俺のかかァだからなァ……。だけども、おっ嬶《か》ァ俺はねえ、幸せだぜ。え、どうしてだ? どうしてだって、幸せじゃァねえかよ。おめえをこうやって見ながら、めしを喰ってみろォ、俺ァ、長生きができる」

義《ぎ》眼《がん》

短篇ながら味のあるはなし。別名を『入れ目』という。人情ばなしを演ずるときとは、まるで別人のようなこの軽妙なタッチが、また志ん生の魅力でもあった。『犬の目』というはなしと似ているが、仕草《しぐさ》も加わるこちらのほうが痛快で、ナンセンスなサゲも魅力。


えー、よく人というものは、〝目〟ということを申します。目はなンにでも使いますからナ。

「あいつァ、若いのに感心だ。よく目をつけておこう」

なンてんでネ……。

目は人間のマナコというくらいのもンですから、大変なもんでございます。

えー、いろンなことを考えてる人が、

「どうも、おれは両方に目があって、両方で見ているのはムダでしょうがねえ。片ッぽでも見られるんだから、片ッぽしまっといて、で、傷《いた》んで来たら、こっちのほうで見よう」

というのでナ、片方《かたがた》の目ェふさいじゃって、片ッぽの目で、何年か見ているうちに、だんだん傷んで来たから、こんだ傷んだほうの目ェしまって、新規なほうの目で見たら、知ってる者が一人もいなくなっちゃったりなんかして……。

目というものは、不思議なもンでございます。

えー、ですから、ちょいとした病気ですと、目でもすぐなおっちゃいますけど、なおらない目がありますナ。いくら治療したって、悪くなるのがある。

こういうなァ、医者《せんせい》のほうでもしようがないから、わるいほうの目ェ取っちゃって、かわりの目ェ入れて、わかんなくしちゃう。

眼科医「あー、いま入れた目はねえ、ガタガタしませんかな、ウン。そうでしょう……では、鏡を見てごらんなさい」

男の患者「えー、どうもありがとうございます。え、えーッ、あッ……先生、よく入っちゃったねえ、こりゃァ……。どっちがあたしの目だが、わかンなくなっちゃいました」

医「その目は、大事にしてくださいよ。え、昼間は必要ですが、夜分おやすみンなる時には、その目は必要ないんですから、取りましてネ、枕元に水を置いて、浮かしときなさいまし……。で、朝はめるとネ、目も保《も》ちますし、え、第一気持ちがいいですからねえ」

男「ヘッへへ……、ありがとうござんす。で、ね、実ァ先生、そのォ、あたしにさる妓《おんな》がいるんですよ。サル女ったって、別に引ッかくンじゃァないですけどもネ……。で、あたしの目ェ、とても心配してるんです。でネ、今夜、そいつンとこへ行って、見せてやろうと思うんですが、どうでしょう」

医「そんなことは、どうでもかまいませんよ、あたしは医者なンですからナ……。ともかく、その目はおやすみンとき、わるいほうの目を取りまして、枕元の水に漬《つ》けとくのを、忘れないようにしてください」

その人ァネ、大変よろこんじゃって、その晩、お馴染の女郎《おんな》ンとこへ行って、

男「なァ、どうでえ?」

女郎「あーら、まァ、チョイとォ、おまえさん、ずいぶん綺麗になっちゃったねえ。こないだと変わったよォ、えー、男っぷりが、ウンと良くなったよ。おまえさん、前《せん》

から好きだったんだけども、また好きになっちゃったよォ。好きだよ、あたしャァ、好き好き、好きよッ！　ねえ、ちょいとォ、もっとこっちィ、お寄りよォ」

グイとひっぱって、えー、それでもって、頰っぺたなんぞおっつけ合って、大変に仲がいいんで……。

その隣室《となり》の客はってえと、これがこの楼《みせ》へ、はじめてあがったんですナ。お宅で、奥さんと喧嘩かなンかして、で、面白くねえってんで、家《うち》ィとび出して、もうヤケだてえんでネ、電気ブラン五杯に、焼酎八杯かなんか飲んで、口のあたりに湯豆腐のネギかなんかぶるさげて、奥歯にネ、数の子のこまかいのかなンかはさんで、そいでもって、ここィ登楼《あが》って来た。

酔客の敵娼《あいかた》「あら、ずいぶん酔ってるネ。毒だよ、こんな酔いかたしちゃァ……。ねえ、おまえさん、すこしお休みなさいよ、ウン。あたし、ちょっとオシッコに行ってくるからサ、待っててよォ」

なんてなことをいって、鼻かなンかちょいとつまんで、顎の下やなンか、コチョコチョッとくすぐっといて、行っちまったきり、もう来なくなっちゃった。

酔客「(すっかり酔っている)なんでえ、えー、あの女郎ァ……。えー、シッコシッコってやがら……。長えぞォシッコが！　牛の年じゃァねえのか？

それにしても、隣ァまたうるさいねえ。ベチャベチャベチャしゃべりゃァがって……。え、〝こないだと顔が変わった〟ってやがらァ。えー、人間の顔がなァ、こないだと、どこがどう変わるんだ。二十年も会わなくって、変わったてえならいいけども、こないだと変わったてやがる。え、やなことォいやがンね、本当にィ。べらぼうめッ、七面鳥のケツじゃあるめえし、え、そんなに顔がかわるかいッ！　コンちくしょうめ、癪《しゃく》にさわるなァ！

(聞き耳を立てて) あらッ、

〝ようすがよくなったよォ……〟

てなことォいってやがらァ、フーン、

〝くすぐったいわァ〟

ってやがらァ。ちえッ、どこンとこォくすぐってやがんでえ、コンちくしょうめ！　やい、おれにもくすぐらせろいッ！

こんな楼《うち》ってねえもンだ。お客ンとこへ、水を持って来やがンねえ、癪にさわるね、どうも……。えー、本当にシャクだね。どっか行って、水飲んで来ようかなア……。

あー、あー、ウー、水ァどこにあるんだろうなァ……。

なー、隣の奴ァ、え、〝いい男だ、いい男だ〟っていってやがンだよ。そんなに、いい男かねえ、ちょいと、のぞいて見てやろうかな……。

(のぞき込んで) ウフッ、よく寝てやンな、あンちくしょうァ……。アハハハ、あー、あー……。おやッ、あンちくしょうの枕元に、水が置いてあるのに、なンだい、あいつ飲まねえのか? もったいねえじゃァないかネ。え、こっちは飲みたくってしようがないてえのに……。

あの水、盗んで、飲んじゃおかしら……。あとで、グズグズいったら、なァに、返してやればいいンだからナ。たかが、水なンだからネ。ウン、よォく寝てやがる、エッへへ……。(グイと飲む)

うまいねえ、あー、うまいッ。酔いざめの、水千両と値がきまり……と来やがらァ。

(都々逸で) 〽水ゥのーォ、出花ァとォ……。

なんだいこりゃァ、あー、おどろいた。ずいぶんいろンなものを飲んだけれどネ、えー、水のカタマリてえなァ、はじめて飲んだぜ」

てンで、隣室のおかたの水に漬けといた目の玉ァ、飲んじまったから、この人ァお宅にお帰りになると、あくる日から、通《つう》じがなくなっちゃった。一ン日《ち》、二日は我慢しているけど、五日や六日となると、熱は出てくるし、どうにもしようがない。

男の奥さん「先生、宅の具合、どんなでございましょうか?」

医者「いやァ、たいしたことないんですナ、ウン。熱が下がればいいんですよ、熱が下がらないてのは、こう通じがないからです。よく、流しのドブ板に、たわしを落っことしちまって、そこンとこで水が通らないことがある。たわしを取ればいいんスからナ……。これほどにして通じがないということは、お宅のご主人の肛門の奥のほうに、なンかさまたげてるモンでもないですかな。ひとつメガネで試験をしてみましょう。

（主人に）どうぞ、あー、そこの布団へ、こううつぶし、お尻を持ちあげるようにして……。なに、気まりがわるい？　そんなことはない、気まりのほうでわるいといってるくらいだ。ズーッと、お尻を上に持ちゃげて、そうそう……おーッと、サルマタァ取ってくださいよ。ちょいと、メガネで見れば、たいがいなことはわかンですから……。

いやァ、アー、これが、あァたのお尻ですか？　え、ずいぶんと、毛が生えていますねえ。えー、まっくろですよ。こういうお尻はネ、山ン中で出すてえと、鉄砲でズドンと射たれますよ、熊と間違えて……。いっぺん、バリカンで刈るといいですな。えー、どんな具合ですかナ？　このメガネでもって……。（とのぞいて）う、うわーァッ」

医者《せんせい》はおどろいて、表に逃げ出すってえと、奥さんあとから追っかけて来てネ、

奥「どうしたんでしょうね、先生？」

医「いや、どうもこうも、ありませんよ。おどろきましたナ。いま、お宅のご主人の肛門を、このメガネでのぞきましたらネ、向こうからも、誰か見てました」

つるつる

吉原には幇間《ほうかん》がたくさんいた。おなじみの一八（『愛宕山《あたごやま》』や『たいこ腹』でも活躍）が主人公。島内《しまうち》（廓の中）の色恋沙汰はご法度《はっと》だから、一八の行動は実はたいへん悲壮なのである。「ブランコの夢を見ました」というサゲもあるが、ここでは古典そのままを……。

えー、何しろ、この商売というものは、昔から思うと、ずいぶん変わってまいりまして、以前はてえと、今、考えると変な商売だと思うのがあったもので……。

えー、井戸というものが、今のようなナンでなく、昔は、町内に一つずつあったんですな。すぐ濁《にご》っちゃう。子供が鮒《ふな》をとろうなんて、釣瓶《つるべ》でかきまわすから、もう、澱《おり》が大変なんです。だから井戸替えってものをやるんですな。

どうかするってえと、その井戸へ飛びこんじゃったりなんかするのがあるんですからな。夫婦喧嘩して……、カーッとして、入っちゃったりなんかするときがある。そうしてみると、今の井戸は、そのォ飛びこみたくも、ポンプですから、ありゃァ飛びこめない。今のに入ろうってにゃァ、もう、細ォくなんなきゃ入れねえことになってますな。

でありますから、昔は時々井戸替えというものをやる。この井戸替えてえものは、長屋総出でこれを手伝うんでございましてな。えー、綱ァ引っぱって、ドンドンドンドン……。このォ、水の出るとこを止めておいて、水をみィんな、かい出しちゃうんですな。

かい出してしまうてえと、ウン、このォ井戸屋さんが、裸になりましてナ、えー、下帯一つでもって目隠しをいたしまして、そして、縄ァつかまって、ツーッと下へ降りてまいります。これが井戸屋さんの、もう大変な役でございまして……。

えー、そういうような商売もありますが、なんでも商売となってやさしいものはございませんですナ。あたくしたちの商売はここィ(高座)上がって、頭だか尻尾《しっぽ》だかわかンねえようなことをいってますけども、これでも、そんなにバカじゃできないんですよ、えェ。どんな偉《えら》い人がきいているかわかんないンですからな。えェ。バカじやできない。利口なら、なおやらねえ、こんなことはね――。ええ、だからまァ、へんなンですなァ、ウン……。

同《おな》し芸人《おんな》でも、あたくしたちのは、お客さまがきいてくださる芸でありますが、同し扇子を持ってやる商売で、太鼓持ち（幇間）という商売は、こりゃァまた、大変ですナ、ご機嫌をとンのに……。

平場《しらば》といいまして、このォ、男のお客さまと差し向かいになって、一ン日《ち》でも飽きさせないようにしゃべる腕がなくっちゃァ、ほんとうの太夫とはいえませんようで……。

えー、〝太鼓持ちあげての上の太鼓持ち〟なんてえ川柳がありますが、さんざ幇間をあげて遊んだ方が、身ィ持ちくずして、自分でその道へ入っちまうというくらいであります。道楽のあげくの商売ですな。

本場はってえと、どうしても吉原でありまして、以前は桜川善孝《ぜんこう》だの、松酒家喜作《まつのやきさく》だの、桜川忠七《ちゅうしち》だの、いい幇間がいましたけど、今は、こういう商売も、おいおい数が少なくなっているようですな。

えー、吉原から、他《た》（ほかの花街）へ、お客のお供をして行くなんてえことになるってえと、そこの出先のお茶屋さんですとか、誰にでも、このォ、可愛がられなきゃァなんない。八方美人でなきゃァつとまらない商売でありまして……。

幇間「今晩は、どうも、おかみ……えー、今晩は。ええ、エ、いェ、今夜はね、エエ、お供をして、ご当家へ……。はァ、へヘッ、お忙しいんでございましょ？　はァ？　いやァ、そうじゃないんで……ええ。

おかみ、またあァたは、始終《しじゅう》ここに、おいでになンですなァ、エエ。あァたがここにおいでになると、エエ、こう、帳場が締まりますよ、エッへへ、どうも……。ほんとでござんすヨ、いつ見てもなンでございやンすナ、エエ、あなたはお若いですな。いやアッ、ヘッ、ほんとでござんすヨ、エエ。あっしはうそォきらいなんで……。エへへッ、どうも……。

えー、旦那は？　エエ、大将……。あァ、釣りに？　いよォッ、お宅の大将、また釣りがうまいんですってね。えー、みんなそういってますよ。魚がどっち向いてッか、わかるんだってやすからナ……エエ、いやァ、カンですねえ、そりゃァもう……。実に、いい道楽ですよ、釣りなんてェのはナ。エエ、どうも……。

おや、坊っちゃん、今晩は。まだ起っきしてンの？　へーえ、大きくていらっしゃいますなァ、えー何がお好きなんです？　エエ、拳闘が好き？　こわいねェ、どうも……。エエ、あたしを、拳闘でナニしちゃイヤだよ。エへへ、どうもね……。

えッ? あァ、どうもお嬢ちゃん、エエ、きれいですナ、また、お宅のお嬢さんは……。年頃ンなった日にゃ、たまらないってヤツですよ、ほんとに……。ア、お花さん、ご苦労さま……、ウン。ようそうやってあなたァ働くねえ、エ、残してンだろ、ほんとうに……。あ、猫さん、今晩は……」

猫にまで挨拶してる。

客「おいっ、どうしたァ、えェ、階下《した》へいって来たのか?」

一八「へい、エエ、ちょいっと階下のほうへね、へエ、いろいろなことをいってまいりまして……へえ。え、えェ、ご婦人連……エエ、もうズッと、すっかり……エエ、今じきにここに……エエ、まいります。へェ、へイ……」

客「あァ、おめえ、おれに、なんか話があるってたけど、なんだい、話てえのは?」

一「いえいえ、エエ、大将ね、話というのはですナ……これは、あたくしがあァたにお願いをするんですよ……。よござんすか? ねえ、お願いッ。あたしはねえ、ウン、今晩ね、十二時をチーンと打ったら、すいませんけども、おいとまさしていただきたいんですよ。へえ、それだけなんですよ。え? いえーッ、他《ほか》ィ行くんじゃないんですよ。エエ。いえ、ほんの、あたしの一身上のこと……。ほんと、エエ、エッヘッヘッへ……」

客「なんだい、一身上てえのは？」

一「エッヘヘェ、どうもネ……。エエ、実ァ、そのォ……いつまで独身《ひとり》でいちゃァいけない……なんてンでね、ウン。ちょっとこの……ウー、家内を持とうと思いましてな、へエ。そこで、えー、婚礼の仕度に、もう、じきにとりかかれるだろうと……こう思ってンですよ」

客「ほーう、ウン、いいじゃやねえか。めでてえじゃねえか。エ、ところで、相手の女てェのは、どんなんだ？　おめえのかかアンなるってえのは？　エ、ちょいとした女か？」

一「ちょいとどこじゃありませんよ、あァた……、エ、いい女ですよォ。唐土《もろこし》の楊貴《ようき》妃《ひ》はなんのその、普賢菩薩《ふげんぼさつ》の再来か、常盤御前《ときわごぜん》か袈裟《けさ》御前、お昼ごぜんは今すんだってェくらいのもので……」

客「たいへんな顔だな」

一「そりゃァもう、たいへんな顔ですよ、あァた……。ねえ、〝立てば芍薬《しゃくやく》、すわれば牡丹《ぼたん》、歩く姿が百合《ゆり》の花〟なんてンじゃないんだ、それよか以上なんだ。沈魚落雁《ちんぎょらくがん》

（美人の容貌のあでやかなこと）ってくらァ、ほんとに……。どうです、あァたァ」
客「そんなのをてめえ、よく……なンだな、エ、さがしやがったなァ、ウン。そらァ、何者《なにもん》だい？」
一「エ、なにものなんて、あァた、きいておどろくな……。エエ、吉原《なか》の……あたしの師匠ンとこに……えっ？　いえ、いっしょにいるんですよ、ウン。あたしが、太鼓持ちで、向こうが内芸者《うちげいしゃ》と来てね、エエ。……で、始終、口やなんざきいてね……」
客「なんてンだい、その妓《こ》ァ？」
一「小梅《こうめ》さんさ」
客「フーン、梅ちゃんか？」
一「ウン」
客「ありゃ、いい妓《こ》だなァ」
一「いい妓でしょ？」
客「ウン、いいとも、よすぎるよ、ありゃァ。おめえ、なんだね、おめえにゃ過ぎ者《もん》だぜ。第一、おめえ、えー、芸がよくって、女っぷりがよくって、おまけに、親孝行と来ているじゃねえか、ウン。三拍子そろってやがら……。じゃ、おめェ……何かい？　トーンとでも来てンのかい？」

一「……と思うでしょう、えッ、トーンと来るでしょ？　トーン、ブルブルって、上げりゃァ釣れるんだ」

客「ハゼだよ、そいじゃァ……」

一「いや、ですけどもさ、ウン。そのォ、トーンというほどはいかねえんですよ。ねえ、向こうはなんとも思っていないらしかったんですがネ、ウン。あたしのほうが、足駄ァはいて首ったけどこじゃァない、竹馬はいて屋根ェ上がっているように、夢中になっちゃっていたんですがね、どうにもならないてえのは、惚れた弱味ですねェ、エエ。ちょいとでも、なんかいってやろうと思うけど、その、いえなくなっちゃうんです。エエ、胸がドキドキしましてね、ウン。

で、いろいろ考えたんですよ、エエ、きょうはね、えー、師匠がいないしね、エエ、二人っきりなんですよ。で、鏡の前で鼻の頭ァ叩いてッからね、そこを狙ってあたしがね、ウン、ちょいと……ヘッへへ、ねェ、エエ、なァに、ズドーンと肱《ひじ》鉄砲食ったとこで、命に別条はねえんだから……ウン、何事も人間、当たって砕けろだ！　そうでしょう？　ウン。だから、あたしゃ、そこへ行ってね、

〝ねえ、おまえさんとなら、あたしは、どんな苦労でもしたいんだけども、あたしのようなもんじゃしようがないでしょう？　あたしは、あなたとならば、たとえ、十分《ぷん》

でもいいから、人のいないところで、一ぱい飲んで、なゝか話がしたいんだよ〃とこういったんです。ねえ、そうしたらネ、エ、どうです、あのお梅ちゃんのいうのは……。

〃ちょいと、一八《いっぱ》つァん、あたしゃ、色だの恋だのなんてのは、イヤだよ。ウン、あたしゃ夫婦になるんならいいよ。あたしみたいな者《もん》でも、曲がりなりにも女房にしてくれるんなら、あたしゃ嬉しいよ〃ってこういう。

〃あたしでも、いいんですかァ〃ていうから、

〃冗談いっちゃいけませんてンですよ。結構、毛だらけ、猫、灰だらけだってンだ、あたしゃァ……。もう、あなたのためならどんなことでもしますってんだ。いっしょンなりゃァね、ウン、用なんぞさせませんよ。あたしが万事やりますよ。朝なんぞ早ァく起きて、すっかり掃除をしちゃって、ねエ、そして、ご飯たいちゃって、お湯ゥわかして、エ、茶《あがり》を入れちゃってから、枕元へ一服つけて出して、サ、お起きなさい……てなこと、あたしゃいうってンだよ。エエ、起き出りゃすぐに、あたしが……えー、すっかり……こうネ、布団たたんじゃってね、ほうぼう掃除しちゃってネ、エエ、もうなんでもするから、どうでしょうね？〃とこういったら、ネ、そうするってえと、お梅ちゃんの、いわくですな、

〃一八つァん、あたしゃア、お前さんの、男っぷりやなんかがいいんでいっしょになるんじゃないんだよ、エエ。実ァ、あたしが病《わず》らったときに、おまえさんが看病してくれて、薬やなんかを……。ねえ、あのときは、ほんとに親切な人だと、こう思ったんで……。あたしゃァひとりのおっ母《か》さんがあるし、優しい亭主を持って、そのおっ母さんを大事にしてほしい、と思うから……、ねえ、お前さんのように親切な人ならいいねえ。でもね、お前さんはふだんはいい人なんだが、お酒飲むとズボランなっちゃって、お客ンとこも行かなかったりなんかするから、それじゃァ出世する見込みはないよ。お前さん、そのズボラってのやめとくれ、あたしと、いっしょになるんなら……〃っていうから、

〃もちろん、そら、やめますよ〃とこういった。エ、そういったんですよ、そうしたらね、

〃口でばかりいったってしようがないからサ、今夜二時にね、あたしンとこに来てくれれば、あたしが、お前さんと、行く末の話を物語り……〃やなんかいうんですよ。ねえッ、だから、ここを十二時に出て、そいでもって、吉原《なか》に帰りゃァ、待ってるうちに二時になるでしょう？　どうです、そういうようなわけなんですから、ネ、たのンますから、十二時で暇ァください」

客「ウーン、なるほどなァ、ウン、そいつァ筋が通ってンな。ウン、よし、そいじゃ、おめえがそういうんなら……。あァ、わかった十二時だナ。よしッ！　えー、ここに金が二十円あらァ」
一「どうもすいませんなア、どうも……。あァたは、これが、あたし……えらいってンだよ。こういう時ンなっと、スパッと〝祝《いわ》いだぞ〟ってなこといって……」
客「誰も、やるともなんともいやしねえ。ただ出しただけなんだ」
一「あ、出しただけなの？　なァんだ、つまらねえ」
客「何いってやんでえ。ただ、おめえだってそうだ。なァ、おれにもらうよかよォ、ウン、なんかおめえのもの、おれ買ってやってよ、そいつォ、この、祝いの記念に持ってってやろうと思うんだ。なンか売れやい」
一「へへエ、何売りやしょうネ……」
客「なに、買おうかなァ……」
一「えー、羽織……羽織、羽織はあァたにこしらえてもらったもんだ、ハッハッ、いけねえ。エエ、着物……着物もいけねえんだ。あァたンだ。帯もだめ……」
客「何も売るもんないなァ。なんかねえかなァ？　おう、その、時計買おうじゃねえか」

一「エエ、この時計？　こりゃァないんです、もう……」

客「そこ（帯の間）にさがってるじゃねえか？」

一「いえ、さがってんじゃない、これ、ひもだけなんでございましてね、エエ、天保《てんぽう》銭《せん》（天保通宝、楕円形の銭）がくっついているだけなんで……。時間なんて見たことねえんですよ」

客「ウーン、じゃァ時間聞かれたらどうする？」

一「エエ、聞かれたら、もう、それまでです。〝一八さん、今何時？〟ったら、天保銭出して〝今八厘《はちりん》だよ〟なんて……」

客「よせよ、ばかだなァ、おめえは」

一「おやっ、いらっしゃい、エエ、いらっしゃい」

芸者達「こんばんは……、今晩は……今晩は。ありがとうございます。あら、こんばんは……」

一「あァ、ちょいと……ちょいと姐《ねえ》さんがた、ズーッと……。ええ、今晩はね、エエ、大将が、あたしをね、お客にするってンだよ。へへ、これでも客ンうちだァ」

客「ほんとだ。一八はな、ちょいとめでてえことがあンだからな、ウン。えーっと、じゃァ、こうしよう、ウン。なんか、おめえのもの買おうと思うが、なんにも買うもんがねえなァ」
一「へへエ……」
客「どうでえ、おめえの、片っぽ……。こう、ズーッと、毛を売らねえかい。片っぽの毛を？」
一「いやだよ、あァたァ、片っぽの毛なんぞ……。今夜逢うんだからねえ、エエ、〝あら、一八つァんおまはん、片っぽの毛がないじゃないか〟なんて……。〝へへ、片っぽ売って来ちゃった〟なんて具合が悪いや。なんか他のを……」
客「じゃ、どうだ、拳固《げんこ》でもって、ひとつ、プシューンと、なぐろうか」
一「なぐろうなんて……どこォぶつんです？」
客「目と鼻の間……」
一「やだよ、そんな危《あぶ》ねえとこ……。じゃァ目ェなぐらないで、肩ァなぐってください」
客「アンマじゃねえや、馬鹿ッ。ええ、じゃ、しようがねえやな、おう、おうおうおう、なァ、こうしよう、ウン。ここに湯のみがあらァ。いいか、な、この湯のみでもって、グーッと一ぺえのんだら二円やらァ。なァ、え、十ぺえで二十円だ。どうだ、飲めるか?」

一「(戸惑いながらも)エ、エッ、十ぱい? えーい、の、の、のみましょう!」

客「いいかァ、そンじゃ、なんだ、酌《しゃく》してもらって、飲みな」

一「ヘヘイッ。じゃ、くださいますね、二円……。現金ですな? ヘイッ、現金、現金……現金! ちょいとちょいと、あの妓《こ》あの妓《こ》……、おう、ちょいと、お前さん、お酌しとくれ。えーえェ、ヘエ、ヘッ、エエ、おーッと……。(と酌を受ける)よしよし……。エエ、じゃ、息をついちゃいけないンすか? エエ、よろしやンすとも、あァた。ウ、ウン、ウ、ウン、ウッウー(飲みほす)……あァー。

(ほろ酔いで)どうです? エ、この通り……。中ァ見たでしょ? ヘッヘイ、じゃ、すいませんけれども、エ、二円いただかせてください。ヘイヘイ、どうもありがとうござんす。ヘヘエ、……ウン、これも商法《しょうほう》だよ。ヘイ、ヘイッ、あの妓《こ》、ちょいと注いでくれて! いよォッ、ト、ト、ト、トッ、あァ……(とまた酌を受けて)ハイ、ハッ、ウ、ウッ……。(と飲みほす)

あァー、そいでは、エエ、二円いただきましょう。ヘイッ、どうもありがとう。あァた、よく細かいの持ってるね、あァた。えッ? 前から、ちゃんと、趣向を、こしらえといたんじゃないの？　なに、黙って飲め？　ヘイ、飲みますよ。ちょいと、花ちゃん、注いどくれ。ア、エ、エーイッ、ウッ、どうも、どうも……。ウ、ウッ、ウッ……（と飲みほして）あァー、あァーッ、どうォも……。

（かなり酔って来て）えーッ、ねェ、そのォ、大将の前ですけどもね、エ、酒ってやつァ、ねェ、こう、キューッと酔ってくるとこが、よござんすネ、エエ。旦那のお酒もいい酒ですけども、あっしも酒が好きでねえ……。

えッ？　何かしゃべっちゃ、コスい？　えッ、いえ、ただ話をしているだけですよ、あァた、いいじゃありませんか――。えッ、エエ、息つき……大丈夫ですよ、エエ……（飲みほす）……あァーと、ウン出せ。（手を出して金をとる）へ、ヘイッ、どうもすいません。エヘッ、エヘッ、どうも……。

えー、しかしねえ、大将のことをね、みんな、ここいらの芸者衆はそういってますよ。〝あんな品《ひん》のいい人はない〟なんてね。ウン（飲みほす）……こないだもね、エ、そういってたの、エエ。そいで、〝あのおかたァ、あんまり品がいいから、怖《こわ》くってそばへ寄れないわよォ、ウフン〟ってね。けど、そこンとこ、あんなに品がよくてもエエ、大丈夫だよ。あの人は人間がスケ……あの……だからってね。エッヘヘへ、ハハ、いやァどうも……。

おや、誰だい？　注《つ》いだの、ここ……。

これはねえ、一ぱい二円で賭《か》けンなってンですよ。えッ、半分注いじゃったな？

半分ついだんだ、半分……。一円ください、一円……。

ええ？　おめえの粗相《そそう》だからやらねえ？　そんなのあるもんかァ……ですか。（飲みほす）

この妓は第一ね、いけませんよ。あたしゃこの妓の悪いこと知ってンだから……。えッ、こんな可愛らしい……、おう、だめだい、だめだいッ。こんな可愛らしいような顔ォしてやがって、エエ、虫も殺さないよ、これで大変なんだ、あァ。こないだ、あたしがちょいとね、あるとこィ行ったんだよ、エヘーッ、エエ……したらネ、一人でズッと行くからね、言葉ァかけようと思ったらね、あとからスーッてんでね……ウン、二人でね。ハハハッ、いやァーッ。

あら、また、注いじゃったよ、しようがねえなァ、こらどうも……。ウン、ウー、ウーッ……（飲みほす）」

客「おい、おいッ、えッ、どうだ？　もう少しだ」

一「（完全に酔って）もう、あっしゃ、だめ。もう、あたくしは……。な、なんか用……なんか用？　えッ、何やンでェ？　ヘッヘェ……。

（端唄《はうた》で）

〽人を助くる身でありながら
あの坊《ぼん》さんはァ、サ
なぜにィ夜明けの鐘を撞《つ》く
アレ、鳥が鳴く
アレ、また、木魚《もくぎょ》の、オップップ
音がする、チキチ

ってのの、どうです？　えエ？　面白くない？　ああ、面白くない……。ええーい、では、こっちから清兵衛さんが来て、こっちのほうから清兵衛さんが来ましたよッ。（半分歌うように、リズミカルに）突き当たってェけんかァして、たがいに大きなコブができたら、けんかの仲が直っちゃった。けんか両せいべェ、コブコブ（五分五分）ですんだ……」

客「何をいってやんでえ、そんなのだめだよ、ほんとに……。ええ、なァ……オ、オウッ、オウ、一八ィどうしたんだ？　どうしたんだア……」

一「えー、すいませんがねえ、あたくしはねえ、二階の大将に付き合っちゃいられませんからね、エエ、先に帰ります。エエ、どうかよろしくいってください。いやァ。

あっしは、ちゃんと、約束ンなってンですからね、エエ。折詰《おり》なんていただいて、すみませんなァ、どうも……。

金ちゃん、ヘッヘェ、あァた、いい腕《うで》だよ、ほんとうに……、ねェ。ウン、あら、どうも、下足なんぞ出してもらって、すいませんね、どうも……。エエ、みなさんによろしくいってくださいよ、エエ。

あっしゃこれからあァた、吉原《なか》まで帰らなくちゃ、なんねえんだ、ねエ。もう遅いよ、こりゃァ……。ハッハァだ……。けど、いいね、エエ、これで帰りゃ、女の子が待ってんだ。〝一八つァん、おまはん二時にちゃんと来たねえ、ほんとにィ。ねェ、おまはん見どころあるよォ〟なんてなァ……。

（勝手に、自己流の口三味線で）

〽チャン、チャ、チャ、チャン、チャン

スッチャン、チャン……

とくらあ――。

（さいこどん節で）

〽恋の痴話文《ちわぶみ》、ネー、鼠《ねずみ》にひかれ、サ

猫を頼んで、取りにやる

ああ、ズーイとこきゃ
急いでも、構《かま》うこたねえ
ええ、サイコドンドン　サイコドンドン
サイコドンドン
サ、サ、サイコドンドン、ドーン
エヘヘッ……。
（また、口三味線で）
〽チャンチャン、スッチャンチャン
チャンチャン、スッチャンチャン
折《お》詰《り》の底が抜けたァ
折詰の底が抜けたァ……
あーァ、もったいないねえ、な、どうも……。えーッ？　カマボコォ泥が付いちゃって……あすこのカマボコなんて、一切《ひときれ》いくらってンだ……。
〽カマボコ食べて……。
（拾って食って）おや、下駄の歯だ、これッ。ブワーッ、ちきしょうッ！　（吐き出して）
下駄の歯だ、下駄の歯ァかじっちゃった。えッ、よく似てるからねえ……。

〽チャンチャチャンチャン
　スッチャンチャン……か
　何かァ拾いたいィ
　珊瑚珠《さんごじ》の五分玉ァ、落っこってた
　　運が、あるよ……
（拾う）梅干《うめぼし》の種だ、こンちくしょう！
〽チャンチャチャンチャン……。
師匠の女房「まァ、どうしたの？　一八つァん、そんなに酔っぱらって来て……。ねえ、師匠が心配してたよ」
一「（まだ酔いが残っている）えェ、どうも相すいません、遅くなっちゃってね、へェ、もう、あっち行ったもンですから……。エッへへ、どうも、遅くなってすいませんなァ。エエ、これをお土産《みや》にさしあげますから……」
女房「なに、これ？　折りの底が抜けちゃってるじゃない？」
一「抜けちゃったんだよ、蔵前《くらまえ》の通りで、ふり落としちゃった。……なんなら行って探して……」

女房「なにいってんだよ、ほんとにィ……」

一「じゃァ、あっしはもう寝ますからね、へエーッ。で、ナニは？　エエ……あのう、お梅ちゃんは？　なに、もう寝ちゃった？　ははァ……じゃ、あたしは二階へ上がろう。なァ……。

〽二階へ、あがーるゥ……

おーッと、二時打ったらどうしようかナ、こう降りてズーッと……いけない、あすこ行くには、師匠の枕元ォ通って行かなくちゃいけねえんだ。弱ったねえ、こらァ……。えーッ？　ウーン……。

〃だれだあッ、ミシミシ音がすんのは！〃なんていわれなくちゃなんねえ。〃えー、一八でございます〃〃どこ行くんだッ？〃〃今はばかりへ行くんで……〃〃ははかりは向こうだ、まぬけ野郎ッ〃〃エッ、どうもすいません〃……と、これァ、だめだよ、これ……。こりゃ弱ったねえ、こりゃァ……。どうしようかなァ、ウン、なンかいろンなこと考えなきゃいけねえ。

うん、そうだッ。このネ、明かりとりがあっからね、この明かりとりのね、え、格子をとっちゃってイヨッ……と、こうだよ、ね。二時を打つと、おれがここを、パァーンと飛び降りる……、ドシーン……と音がする。

〝なんだァッ、その音は⁉〟〝一八でございます〟〝どうしたんだァ〟〝えェ明かりとりから落っこちましたァ〟〝明かりとりにゃ格子がはまってる〟〝格子の目から洩《も》りましたァ〟……なんだ、雑魚《ざこ》みてえだネ、こりゃ……。こらいけねえ、どうしようかなア、どうも……。

あっ、うん、えーッと、みんなぬいじゃおう。なァ、えェ？　帯《おび》、帯、帯、帯ィ……ねェ、知恵が出るぞ、ウン。

〽帯にィ、腹巻きをとって、こいつに結んで……よう、この梁《はり》ィ掛けてやれ。ヨォイショ……、ねェ、こ、これ……これですよ。ねえ、こうなりゃア、こっちのもんだ。こうなりゃ、紺屋《こんや》の九兵衛さんだよッ……とくらァ。へヘッ、こいでもってね、えッ、二時ィ打ったら……チンチンと打ったら、ツルツルツルツルッて、下がって行きゃァいいんだ、ウン。えー、目がまわった日にゃ、しようがねえな。そうだ、目かくしをしよう、目かくしを……。目かくししてね、こうやって……しちゃってればわからない……なア。そいで、こうやってね、二時打ったらね、ツルツルツルッて下がってね、エッへへ、〝来たよッ〟……フフフ、なんてね。〝来たよ〟〝あらよく来たね〟へッへへ……。あー、うわーッ、いい気持ちになって来やがらァ、タハハハ……」

グーッ、アー、グワーッ！（と、大いびき）

そのうちに、チンチンと、時計が鳴った。

〝しめたッ！〟てンで、ツ、ツ、ツ、ツ、ツ、ツ、ツウ……と、はだかで目かくしょして、下がって行くと、とうに、もう夜が明けちゃって、家《うち》の者が、今、ご飯を食べてる。そのォ、おつけの鍋の脇《わき》ィ、はだかでもって、ツル、ツル、ツル、ツル、ツル、ツル、ツル、ツル、ツル……。

師匠「おやッ!? なんだ、コンちくしょう、一八ィ、てめえどうしたんだァ？　はだかで目かくししやがって？　そんなとこから下がって来やがって……」

一「はァ……、おはよう……」

師「おはようじゃねえや、馬鹿野郎ッ、はだかで目かくしして、どうしたんだよ？」

一「へーいッ、井戸替えの夢を見ました」

駒長《こまちょう》

落語の中で美人局《つつもたせ》（なれ合い間男）をあつかったものは、たいへん珍しいが、これはその代表格。戦時中に〝禁演落語〟とされたのも無理はない。江戸ッ子弁と上方弁のあざやかな対比も痛快で、志ん生の力量を示している。題名は「お駒と長兵衛」を詰めたもの。

えー、あんまり人が演《や》りません、『駒長』というごく古いはなしでございまして……。

えー、人間というものは、なんでも間違いはてえと、男は女のために、そういうようなことを起こすというようなもので、

世の中に、酒と女は仇《かたき》なり……

なンてえのがありまして、

どうか、仇にめぐり会いてえ

なンてんでネ、みんなめぐり会おうと思うんですが、仇に会えねえのが面白いですな。えェ、会やァナ、返り討ちになっちゃァしねえかと思うし……。どうも、この女というものは、男に対しちゃァ敵だということを申しますナ。

けれども、この夫婦というものは、本当に縁がなければ、一緒にはなれないんでございましてナ、

「あの人と、あたしゃ一緒ンなりたいなァ」

と思ったって、縁というものがなければ、どうやったって一緒にはなれない。

町内で知らぬは亭主ばかりなり

旅の留守、家にも護摩《ごま》の灰がつき

という……、これはこの、三角関係のことがうたってありますナ。脇《わき》ィ好きな人が出来て、そういうようになったのもあれば、また苦しまぎれに夫婦でもって、そんなことをやり出すものもある。

こういうのは、江戸時代はいくらもあったもんでございまして……。

お駒「まァ、おまえさんったら、ずいぶんのん気だね。え、こんなに借金取りが来て

ンのに、よく平気でいられるねえ」
長兵衛「平気だ、おらァ平気（平家）だ。おまえ、源氏になれ、戦うから……」
駒「なにいってンだよ。えー、どうすンだよ、ほうぼうに借りがあって……」
長「借りがあったって、そりゃァ有りゃァ返《けえ》すが、無《ね》えもなァ返せねえじゃねえかよ。借りなンてえもなァ、返そうと思うから、こっちは苦しむんだ。なァ、返さないと思えば、借りなンざァ、おめえ、おどろきゃァしねンだよ。まさか、首まで持ってきゃしねえんだから」
駒「そんなこといったって、おまえさん、そうはいかないよ。人間てえものはネ、その人に合わせる顔のない人だって、あるんだよ」
長「誰だい？　そいつァ？」
駒「誰だいって、そうじゃないか、すいませんけど、こゝんとこ待ってください、といえる人と、いえない人がある。ねえ、深川から来る、上方者《もん》の、その損料屋《そんりようや》の丈八《じようはち》って男ネ、アレおまえさん、どうして断われンの？
ねエ、損料てえものは、借りて、それを返して、損料賃が溜っちゃったてえのは、これはしようがないよ。ネ、おまえさんのは損料ものを借りて、その損料ものを質に置いちゃって、それでもって使っちゃって、損料賃を払わない。それじゃァ質《たち》がわるすぎるよ。だから、あたしはもう、あの丈八って人が来ても、いいわけァしないよ」
長「言い訳しねえったってしようがねえじゃねえか。なー、おめえが一文無しでおれが一文無し、家にはなんにもねえンだ。スッテンテンだ。なァ、だから、ただ借金をことわっただけじゃ、ここンとこどうにもこうにもしようがねえ。えー、キッチリつまった脂煙管《やにぎせる》だから、しようがねえやなァ」
駒「しようがないったって、しようがないじゃないか」
長「だからナ、こういうことを、おれ考えてンだ。あの丈八が来やがったら、あいつの持ってる損料ものをふンだくって、あいつの懐中《ふところ》にある銭ィふンだくって、あいつォおどかして叩きつけて、そいでもって、その銭を持ってなァ、おめえと二人で、どっか逃げちゃおうと思ってるんだい」
駒「そンなこと、できるかい？」
長「出来るともサ。丈八の奴が、おれンとこへ、損料の銭を取りにくるのはな、もうとても取れねえとあきらめながら来てンのは、なンだってえとお駒なァ、てめえに首ッたけになってンだ」
駒「やだよ、あんな人……」
長「あんな人ったって、奴ァ首ッたけだよ、おめえにナ、ウン。足駄《あしだ》ァはいて首ッたけどころじゃァねえよ、竹馬はいて、屋根ェ上がるくらい、おめえに、コンなんなっちゃって（と、手の甲をアゴに当てる）やがる。

なァ、その証拠には、来ておれとしゃべっていながら、目はみんなてめえのほうへ行ってンだ。よくわかってンだ、おらァ。

だから、ソコだ。なー、おまえがナ、一つ手紙を書け。え、手紙の文句というものはナ、えー、おれに内緒で、丈八と会ってるという、そのナンだ。また会いたいから、家の人のナニしてるときに、どっかで会いましょう……というような、手紙を書くんだ。

いいか、〝恋しき丈八さま、まいる。こがるる駒より〟という手紙をナ、書いて渡そうと思うと、そいつをてめえが落っことすって寸法よ。その落っことしたやつを、おれが拾ったというような意味合いになって来て、てめえと喧嘩が始まらァ。そこへ、あいつがやってくる、とこういうことになるだろ。なァ、そいでもって、あいつが止めに入る、止めに入る途端に、おれはあいつの横ッ面を、一つポカッとなぐらァ」

駒「まァ、かわいそうだねえ」

長「可哀そうだったってしようがねえや。なァ、そうするってえと、あの丈八の奴が、

〝なにを、ぶつんだ！〟

と、こういうに違いない。
〃ぶったって、いいじゃねえか。なぐるどころじゃねえや、てめえなンざ、殺したってあきたらねえンだ〃
〃なんだ！〃
〃なンだじゃねえ。てめえは、おれのかかァと、間男《まおとこ》してやがンなッ！〃
と、おれがこういわァ。
〃たしかな証拠でもあるのか？〃
〃あるともさ、ここにこういう手紙があるんだ。さァ、どうだ、この女《あま》ァ、いま、てめえに渡そうと隠していたのを、落っことしやがって、おれが拾ったから責《せ》めたんだ。え、てめえとナ、二度、三度会ってると、そういった。さー、どうするんだ。おれの面《つら》へ泥ォ塗りやァがった。コンちくしょうめッ！
この女とナ、おれ一緒ンなるにはな、八丁四方《しほう》かまわれて、今の親分が仲に入《へえ》って、一緒ンなったんだ。これから親分ンとこへ行って、話をつけて、ここへ帰って来て、えー、てめえたちァ、重ねて置いて四つにするから、そこを動きおるなッ〃
てンで、おれ、パーッととび出しちゃう。いいかい、そのあとでおまえが、
〃丈八ッさん、まことにすいません。わたし、おまえさんのこと思って手紙書いたの

を、家の人に拾われちゃって、どうしようと思ってるの〃やなんか、いろンなこといってンだよナ、ウン。そこへ、おれがパーッと入って来て、
〃さァ、親分と話をつけて来た。てめえたち生かしちゃおけねえから〃ってんで、台所《でえどころ》の出刃庖丁ォ持ってピカピカと、こいつを光らせて……」
駒「だって、おまえさん、ウチの出刃庖丁ァ錆《さび》ちゃって、光りゃしないよ」
長「まずいや、そいつァ……。光らなかった日にゃァ、おれが口でピカピカッと、いおうじゃねえか」
駒「口でいったって、しようがないよ。それじゃァ、幅がきかないよ」
長「ま、いいさ。な、それで、おれが出刃庖丁を、畳へズブリッと通して、
〃さァ、どうするんだ、コンちくしょう〃
と、こういうんだ」
駒「ズブリと通らないよ、先が折れちゃってるから」
長「しようがねえな。それじゃ、タタミの間へ、こう、グゥーッと突っ込まァ」
駒「にらみがきかないよ」
長「なァに、向こうのやつァこわいから、わかりゃしないよ。

〃さァ、どうするんだ？　てめえら二人とも、生かしちゃおけねえッ！〃
やなンか、いろンなことをいった結果、あンちくしょうの持ってる損料ものをふんだくって、なァ、ついでに懐中の銭ィふんだくっちゃって、そいでもって、あいつを……裸のまンまの奴ォな、
〃おとい、来いッ！〃
てんで、叩き出しちゃって、なァ、おめえと二人で、どっか逃げちゃおう」
駒「そんなこと、やれるかねえ？」
長「やるよかしようがねえや。だから、来るといけねえから、稽古しよう」
駒「どうやるんだい？」
長「おれが、てめえにどなりつけてると、てめえが、
〃すいません、すいません……〃
と、あやまるんだ。いいか、え、やってみなきゃダメだ、なンしろ苦しいンだからナ、ウン。
（大声で）〃さァ、このアマァ太えアマだ。ちくしょう、よくも亭主の面へ泥をぬりゃがったな。コンちくしょうめ、このアマ、太えアマだッ！〃
（急に声を落としてやわらかく）おい、なンかいわねえかよォ。だまってちゃダメじゃね

えか」
駒「なンてったらいいのさ？」
長「わかンねえのかなァ、なァ、〝つい、あたしは、いろンなわけがあって、こういうことになったんですが、おまえさん、どうぞ勘弁しておくんなさい〟かなンか、いうんだよォ」
駒「あら、そォ……」
長「いうんだよ、いいかい。（強く）〝さア、勘弁出来ねえ、ちくしょうめッ、よくも男の面へ泥ォぬりやがったな、てめえは。さァ、勘弁出来ねえッ！〟（軽く）早くいわねえかよォ、おい」
駒「それはネ、あの、なンだヨ、ついついネ、情《じょう》にほだされてネ、丈八っあんと、フフ、そうなっちゃったんだよ。しようがないでしょ」
長「笑ってちゃしようがねえじゃないかなァ、本当にィ。おまえはネ、泣きながらあやまンなきゃいけねえんだよ」
駒「うーン、やだねェ……」

長「やだねえじゃァない。いいかい、さァやるぜ、ソロソロな、〝さア、このアマ太えアマだ。コンちくしょう、よくもおれの面に、泥ォ塗りゃァがって……〟」

（と、ひっ叩く）

駒「なンで、ぶつの？」

長「稽古だ」

駒「稽古でぶたれちゃヤダよ、あたしは……」

長「しようがねえンだよ、こういう時ァ、〝さァ、勘弁出来ねえ、コンちくしょうッ〟」

駒「あたしがわるかったヨ、かんべんしておくれ」

長「なにをッ！　男の面に泥を塗りゃァがったな、コンちくしょうめ、どうするか、おぼえてやがれッ！」

駒「わたしが、わるかったよォ……」

長「アハハ……、そういう具合にいくんだよ。いいかい、さァ、やるよ、いいか、さア、

〝コンちくしょう、さァ勘弁出来ねえッ。よくも、男の面に……〟

おい、来た来た来た、来たぜ。
〝えー、泥ォ塗りゃァがったな〟」(なぐる)
駒「あたしが、わるかった、かんべんしておくれ」
長「勘弁もなにもあるもンかッ」(なぐる)
駒「だって、おまえさんッ……」
長「なにを、コンちくしょう。コンちくしょうめッ!」(三つばかり、なぐる)
駒「なにするンだい……」
長「コンちくしょうめェ」(またなぐる)
札売り「えー、お稲荷さんの、お札、いかがでございましょう」
長「いらねえや、そんなもン。そんな場合じゃねえやいッ、本当にィ。
なンだ、折角おめえ、気が入ったのに、今ンで力が抜けちゃったよ。くだらねえとこに来やがンな、ほンとに。え、おい、こんどの足音ァ、きっとそうだぞ」
駒「大丈夫かよ?」
長「ウン、大丈夫、あの足音ァ間違いねえや」
駒「ちょいと、待っとくれヨ」
長「なんだ?」

駒「便所《はばかり》に行ってくるから……」
長「そンなもの、我慢しろよ」
駒「だめだよ、ちょいと出たいもン」
長「じゃァ早く行って来な。来ちゃうじゃねえか」
駒「こっちゃ、漏っちゃうよ」
長「おう、もういいのかい。じゃ始めるぜ。さァ、来た来た来た……。〝さァ、コンちくしょうめ、勘弁出来ねえッ〟」（なぐる）
駒「わたしが、わるかった……」
長「なンだと、コンちくしょうめ」（なぐる）
駒「わたしが、わるい……」
長「コンちくしょう、よくもおれの面に泥をッ……。なんだい、のりやの婆ァだよ、ありゃァ……」
駒「あたしゃいやだよ。こンなにぶたれるのは……。もうよすよ、本当にィ」
長「いまッなってよしちゃしようがねえやナ、えー、あッ、来た来た、来たぜ！　こんだァ、本当にうまくやンなくちゃいけねえぞ、ウン。〝このアマァ、太えアマだ。よくも男の面へ、泥を塗りゃァがって〟」（なぐる）

駒「わたしが、わるかった……」
長「コンちくしょうめッ」(なぐる)
駒「わたしが、わるかったンだよォ」
長「なにをッ、コンちくしょうッ!」(三つばかり、なぐる)
丈八「(とび込みざま)まァまァまァまァ、マアマア、お待ち、まァお待ちなはれ。い、痛いなア、え、長兵衛はん、なンでわてをどつくんや?」
長「なにをッ、なぐったがどうしたッ。コンちくしょうめ、えー、てめえみてえな太い野郎はねえぞ」
丈「なんで、わてが太うおます?」
長「ナンナンナン……てめえはナ、ちくしょうめ、え、おれのかかァと、てめえ間男しゃァがって!」
丈「なアンやて? あんたンとこのお駒はんと、わてが、間男してるゥ? なンやて? それ、あンたそれ、ぬれぎぬや」
長「なにをッ、濡衣《ぬれぎぬ》も濡れ雑巾《ぞうきん》もあるかッ! コンちくしょうめ、ここにな、たしかな証拠があるんだッ!」
丈「どんな証拠が、おますンのや?」

長「なァ、ちゃァんと、ここに、証拠の手紙があるンだ。なー、お駒がナ、てめえンとこに、この手紙を出そうてえやつをナ、落としゃがって、おれが拾っちゃったんだ。なー、中には、ちゃんとてめえと二、三度関係したって……また会いてえからって、書いてあるんだ。〃恋しき丈八さま参る、こがるるお駒より〃てンだ、どうだァ、こンちくしょうめッ！

さァ、こういう証拠が出たからには、おれは勘弁出来ねえンだ。なー、そんなに、この女が欲しけりゃァ、くれてもやるけどナ、この女と一緒ンなるについてはナ、八丁四方かまわれて、今の親分がナ、仲に入って、口なンぞきいてくれて、一緒になったんだ、コンちくしょうめ！　その親分に対して、こうやっておけるかいッ？　えー、これからナ、親分ンとこへ行って、その話ォピシッとつけて、すぐここへ引ッ返して来ようてンだ。さァ、二人とも、そこを動くなッ、え、重ねといて四つにするんだから、おぼえてやがれッ！」

丈「あッ、ねえ、長兵衛はん、そら、藪から棒や、ちょッ、待っとくんなはれ……。あーッと、もう行《い》てしまいおったがナ……。

お駒はん、これ、一体、どないしたんや、これ？」

駒「丈八つぁん、もう、本当に、すいませんねえ。いいえ、ねェ、あたしはもう先《せん》から、おまえさんを思ってたのよォ。実はネ、内緒で……ウチの長さんに内緒で、手紙を書いたのさネ。で、おまえさんが来たら、渡そうと思っていて、それをうっかり落としちゃって、見られちゃったの……。かんべんしておくんなさいよネ、あたしがわるかったんだから……」

丈「いや、そりゃわてはナ、お駒はんのためなら、打たれよがそんなことかめしまへんけどナ、そやけどな、長兵衛はんいう人、ほんまによくないなァ。え、あんたのようないい女房持ちながら、なにをすンねんやなァ。苦労ばかりかけよって……。え、あんたの着てるその着物見なはれ、え、つぎはぎだらけで、雑巾屋の看板や。そんなもの着せておいて……。ほんまに、あんたはんがわしの女房やったら、大事にしまンがなァ……」

駒「そんなに大事にしてくれるの？　ありがたいッ！　あたしだってネ、あいつと別れてしまおうと、とうから思ってるんだけど、長兵衛がねえ、あたしにくっついて離れないんだよ。ね、別れるなんていった日には、大変な騒ぎになるんだから、ほンとうに……。

本当は、あたし、あの人の側になんかいたくないンだよ。丈八さんみたいにネ、親切な人と、あたしは世帯が持ちたいんだよ」

丈「じゃ、どうでっしゃろ、わてこれから、上方のほうへ逃げるさかい、一緒に逃げましょか？　向《むこ》には親戚など仰山あるよって、あっちであんたはんと夫婦ンなって、仲よく暮らそ、どや？」

駒「そォ、じゃおまえさん、どんな苦労でもいとわないで、見捨てないで、あたしを女房にしてくれるねえ？」

丈「あんたとなら、どんな苦労でもいといません。さァ、そないなべべ着てないで、ここに損料ものやけど、やわらかい、ええものが、たくさんおますさかいにナ、着てみなはれ。えー、それぬいで、その長襦袢着て……。

良《え》え長襦袢でっしゃろ？　それは、百人一首の反古染《ほごぞ》めいうて、ぜいたくなもンやで。胸ンところに、〝おとめの姿しばしとどめむ〟とおますやろ。うしろ側のお尻《いど》のとこは〝きょう九重に匂いぬるかな〟と書いたァる。着物も着てみなはれ……ほッ、ええな、似合うわ。それお召しやで。帯締めてみなはれ、え、羽織着なはれ。いやァ、ようなったわ。

あんた、長兵衛はん、もどって来ないうち、二人で逃げましょ」

駒「逃げるったってネ、ちょいとお待ちよ。ともかく一たんは夫婦になったんだからネ、あたし、ちょいと書き置きを、書いとくからネ」

書き置きを書いて、長火鉢の上へのせて、そうして二人でスーッと、こう逃げちゃった。
そういうことは、長兵衛は知らないから、友達の家へやって来て、
長「おうッ、いるかいッ」
友達「よう、どうしたい兄ィ、なんだい？」
長「うー、ウン、今夜ナ、ちょいと銭もうけやるんだ。少しの間、つないどく間……ちょっと、一ぺえやろうと思ってナ」
友「あー、そうかい」
長「ウン、酒屋へ行って、酒買って来いッ。あー、あとでタンマリ入るんだから。あー、買って来たかい？　早えな、ウン、じゃァやろう、さ、酌いでくれ」てンでナ、ガブガブガブガブ飲んでるうちに、飲みすぎちまって、グーッ……と寝ちゃった。そのうちに、夜が明けて来た。
友「おう、おう、兄ィ」
長「えーッ？」
友「起きなきゃ、起きなきゃって？」
長「なんだい、ダメだぜ」
友「夜が明けちゃったぜ」

長「ええッ？　夜があけた？　うーン、どうして、もっと早く、起こしてくンねえんだ」
友「起こしたっておめえ、起きやしねえじゃねえか」
長「こいつあいけねえや。えーッと、おう、出刃庖丁貸してくれやい。おれンとこァ、錆ててしようがねえンだから、ウン」
友「なにをするんだ？」
長「ちょいと、都合あンだよ」
この出刃庖丁を持って、パーッと家へ帰って来て、裏の戸ォガラッと開けて、
長「さァ、コンちくしょう！　親分ンとこで話をつけて来たんだぞ。重ねといて、四つにして、八つにし、十六にして、三十二にして……コンちくしょう！
あれッ、いねえや？　うわーッ、お駒ァ、どこに行っちまったんだ？　えー、しようがねえなァ。おやッ、火鉢ン上に、何かのっかってやがる。ン、手紙だ。こいつァ……。〝長兵衛さま参る〟……なんだい、こりゃァ？
あー、どっかへ連れて行きゃァがったんだな？　あいつを……。ここにいるから、すぐ来てくれッてんだよ、なァ、そうに違いねえ、ウン。
えー、一筆《ひとふで》書き残し申し候……。書き残し申し候てえのはヘンだネ、ウン。（読みな

がら）……貴方様《あなた》とかねての御約束は、嘘《うそ》から出た誠《まこと》と相成り、丈八様を真《しん》に恋しいお方と思い候。それに引きかえお前の悪性《あくしよう》、お前と一緒に添うならば、明ければ米の一升買い、暮れれば油の一合買い、つぎはぎだらけの着物着て、朝から晩まで釜の前。つくづく嫌になりました、ああいやな長兵衛面《づら》、チィチィパーパー数の子野郎……。

なンだ、こンちくしょう！

……丈八つぁんと手に手を取り、永の道中変わらぬ身もとと相成り候、書き残したきことは山々あれど、先を急ぐのあまり、あらあらめでたくかしく……。

なにが、めでたくかしくだい、こンちくしょうめ‼」

てンで、長兵衛がくやしがって、出刃庖丁を持って、表へズーッと出るってえと、むこうの屋根で、カラスが長兵衛の顔をジーッと見て、

「アホー、アホー」

小咄《こばなし》春夏《しゅんか》秋冬《しゅうとう》

志ん生落語の魅力は〝枕〟にあるといった人も多い。志ん生自身、「小咄だけの本を、一冊まとめたい」と、生前に希望していたほどだ。これはその一部であるが、ならべ方は志ん生の自選によった。この文庫に収録した作品群の枕とは、なるべく重複をさけた。

は　る

えー、落語《はなし》というものは、最初《はな》はってえと、小ばなしといってみじッかいのが、だんだんと長くなって、このォ一席の落語になってくるのでございまして、えー、ごく短いのはってえと、

「土瓶がもるよ」

「ソコまでは気がつきません」

なんてンで、落ちがついている。

「タバコ盆がひっくりかえったよ」

「ハイ拭きましょう」

なんてンで……。もっと短いのがある。

「雷ァこええなァ」

「ナルほど」

もっと短くなるってえと、

「空地に囲《かこ》いが出来たよ」

「ヘエー」

なんてンで、おしまいになってしまう。

えー、むかしはてえと、どこの橋にも橋番というのがいて、その橋から間違いが起こると、橋番の責任でございまして、

「あー、このように、毎晩身投げがあっては困るではないか。そのほうはそこにいてわからんのかァ」

「へえッ、どうも相すみませんでございます」

上役《うわやく》に叱られて、その晩、こう見ていると、一人バタバタと駈け出して行って、えー、欄干につかまって、とび込もうとしていた奴がいる。そいつの襟ッ首ィつかまえて、

「え、てめえだろう、毎晩こっから身を投げるのはッ！」

自然にはなしになってくるンでございまして……。

えー、春ンなって、お花見てえなァ結構なもので、その時分になるってえと、花のほうでいろいろと相談をする。夫婦《めおと》桜だの、うば桜……お婆さん桜だの、子供桜だのいろいろな桜がございます。

「ねえ、おまえさん、見物の人がチラホラ来るようになったよ。あたしはもう咲こうと思うんだが、どうだろうねえ」

「そりゃァ咲いたっていいけど、おめえは一重《ひとえ》だろ」

「あたり前だよ、八重《やえ》になンぞ咲いて浮気なんぞしやしないから安心おしよ」

てンで、夫婦桜が相談をしているってえと、お婆さん桜が、

「咲くンなら、あたしが一番先にさせておくれ」

「おいおい、お婆さん、あわてて咲かなくったっていいよ。えー、そんな皺《しわ》だらけの

花なンか、あとのほうで、ちょいと咲きゃァいいンだよ」

「なに、そうでないよ。あたしは先が短いンだから、早く咲くよ」

てンで、こういうなァ、春の小ばなしでございます。

「夢見た夢見たって、おめえの見た夢てえなァ、どんな夢だい？」

「えー、大きな夢だよ」

「大きな夢って、どんな夢だ？　え、辰さんなんざァおめえ、富士山へ腰をかけたって夢見ているんだ。ずいぶん大きいじゃねえか」

「うーん、おれの夢なンざ、もっと大きいや」

「そうかい、どんな夢だ？」

「ウン、茄子《なす》の夢だ」

「茄子？　茄子なンざおめえ、大きかァねえじゃねえか。一尺ぐらいの大きさの茄子てえば、かなり大きいや」

「そんなンじゃねえ、もっと大きいンだ」

「すっとなにか、三尺ぐらいの茄子か？」

「もっと大きい、ずっと大きいや」

「じゃ、タタミ一畳ぐらいか」

「じゃ、この六畳の座敷一ぱいぐらいの茄子か」

「もっと大きぃ」

「いや、もっと大きぃ」

「じゃ、この家ぐらいか」

「もっと大きぃ」

「そんなに大きぃのか。え、するってえと町内《ちょうねえ》ぐらいか」

「もっと大きぃや」

「うー、じゃ一体、どんな大きな茄子だい」

「ウン、暗闇ィ、ヘタつけたようなもンだ」

こういうのがどうも、えー、こういうとりとめのないのが、どうも落語らしいンでございます。

えー、都電というものは、いまはだいぶ、あっちこっちィ取り外しちゃって、かわりにバスやなンか、そういうものが走っておりますが、まだ市電といったころは、いろいろと面白いことがあったもので、えー、阿部お定《さだ》さんてえなァ、男のアソコをちょん切ったんで、大層話題になった女《ひと》ですが、監獄ゥ出て、どこもつとめるところがないてンで、市電の車掌になった。

「えー、切ってないかたは、切らしていただきます」

った途端に、男の客がみんなあわてて前をおさえたてンですが、こりゃァあんまり

アテにゃァなりません。

えー、市電の停留場てえなァ、たいてい町名《ちょうみょう》で呼びますナ。だから、用事もないの

に、ふっい降りたくなるようなところもございます。

「浜町ォ……」

なンてえと、色っぽいから、ちょいと降りてみたい気分になる。

「刑務所前……」

なんてえなァ、こりゃァ降りたくないですナ。

電車がいま、両国橋のちょいと手前のところを走っているとき、中でご婦人の客が、

「あァら、ちょいと、まァ、お久しぶりねえ」

「まァ、ずいぶんとしばらくねえ。あなたこのごろ、どォ?」

「あたし、いま旦那がついてネ、何でもしてくれるのよォ。だからネ、以前のこと考

えると、本当に極楽《ごくらく》ねえ」

「いいわねえ、極楽だなンて、あたしンとこは、ここンとこ苦しくって苦しくって、

本当に地獄だわァ」

「あたし、ゴクラクよ」

「あたしはジゴクよ」

ってえと、車掌が、

「チンチン、リョウゴクゥ」

そういうことがいくらもあるものでありまして、えーごくむかしののりものてえと、駕籠《かご》でございますナ。二人の人間が一人をかついであるくってンですから、いまの世の中から見れば、ずいぶんと不便なもので、いまはてえと、バスなンぞ一人で三十人でも五十人でも運ぶんですからナ。

大変粋な人が、結構な駕籠に青スダレを下ろして、かごやに蛇形《じゃがた》の単物《ひとえもん》か何か着せて、スタスタかつがせてゆく。珍しいから人目につきます。

「おい」

「ええ?」

「駕籠が通るじゃねえか」

「珍しいな、何だろう?」

「何だろって、きまってらァ、葬《とも》らいだよ」

「あー、葬いかァ。それにしちゃァ、施主《せしゅ》も会葬者もいねえてえなァ変じゃねえか」

「なアに、貧乏葬いだ。投げ込みだろう」

こいつをきいて、中の人ァいい気持ちじゃァない。わざわざお金ェ出して、〃イキだネ〃かなンかいわせようてえご趣向が、投げ込みの葬式と間違えられたんじゃ癪にさわる。駕籠ン中で、エヘンと咳をするてえと、

「おい」

「ええ？」

「中に人がいるじゃァねえか、葬いじゃァねえ、中で咳ィしてるぜ」

「うん、じゃァ病人だ」

いよいよ癪ンさわるてンで、ひょいと垂れを上げて、中にいる人が、

「やいやい、葬ェだの病人たァなんだ。何をいやァがる」

てえと、

「あァ違った。中のは気違いだ」

いよいよいけなくなっちまう……。

えー、その時分はてえと、この人の出盛《でさか》るところにはいろンな商売がございまして、江戸で一番人の集まるところてえのが、浅草の奥山《おくやま》で、ここには、ずいぶんと見世物がならんでいた。

こういうなァ、インチキものが多いンですから、ともかく呼び込んで、中へ人を入れちゃえばそれでいいンですからナ、

「さアさアさア、見ておいで見ておいで、顔中が口の怪物だよ。顔中口の怪物だよォ」

「おう、顔中口の怪物だとよ、え、入ろうじゃねえか。

おう、若い衆さん、どこにいるンだい、顔中口の怪物てえなア」

「そこにあるのが、顔中口の怪物だよォ」

テンで、こう見るてえと、大きな鍋《なべ》が置いてある。なるほどこりゃァ、顔中が口ですナ。

「さア、イノチのオヤだよ、命の親だよ」

「おう、命の親だってさ。おう、命の親って何でえ?」

「さアさア、イノチのオヤだ。こいつを見ておかないと損がいくよ。さア、命の親だァ」

てえから入ってみると、ドンブリ中におまンまが山盛りになってた、という……。

でも、こういうなァ、一応理屈にはあってますナ。

「えー、艱難辛苦《かんなんしんく》のあげく、山で獲《と》ったる六尺の大イタチを見ておいで。ほうら、ア

レだアレだッ、傍へ寄るとあぶないよッ」

「おッ、こんだァ本物らしいよ、見てゆこう」

「へえ、お入ンなさい、ズーッと奥へ」

「おい、どこにいるンだい、六尺の大イタチてえなァ？」

「おまいさんの前だよ。ほうら危い危い、傍へ寄ると怪我ァするよ」

「おう、どこでえ、どこでえ？」

「ほうら、目の前にィ。おまいさんの前に、大きな板があるだろう。まン中に、赤いもんがついてらァ、そりゃァ血だよ。その板ァ六尺あるンだ。さア、六尺の大板血だ」

「なンでえ、山で獲ったって、そいったろう？」

「あー、そういうもなァ、山で取れたんだ、川じゃ取れない」

「傍ィ寄ると、危いっていったろう？」

「あー、傍へ寄ると、倒れたら怪我ァする」

てンで、客ァいいようにあしらわれる。

いろンな見世物があるもンで……。

えー、奥山とならんで、見世物の多いところといいますと、両国ですナ。ここにゃ

ァ、鬼娘てえのが出ておりまして、幕をこう、あげたりおろしたりして、

「さアさアさア、鬼娘だ、稀代の鬼娘だよ。ほうら、あの三味線弾いてるのが鬼娘だよ。ジャンジャンジャンジャン……ほォら、オニムスメ、ほらオニムスメ！」

てえところに、へベレケに酔った人が入って来て、

「おーッ、オニムスメてえなァ、本当かァ。え、一ぺん見せてくれい、オニムスメてえのを」

するとナ、中から鬼娘が、

「酔っぱらいは、入れちゃいけないよ」

「おう、どうして酔っぱらいを入れちゃいけねえンだ？」

「酔いがさめると、正気《しょうき》（鍾馗）になるから……」

てンですが、むかしからこわい鬼てえのも、鍾馗さんにゃ勝てねえンですからナ。

こういうふうに、サゲもだんだんと手がこんで参ります。

夜中にナ、槍を持って歩いてる人がいる。そいつを犬が見つけまして、

「ワン、ワン、ウー、ワンワン」

てンでとびついて行くってえと、その人ァ槍でもってターッと犬を突っ殺しちゃった。飼主が出て来て、

「おいおい、なンだ、何をするんだッ。人の家の犬を、槍で突くたァ何事だ。たかが犬じゃねえか、なぜ石突《いしづき》で突かねえンだ」

「うん、石突で突こうと思ったけど、この犬がしっぽのほうから向かって来ねえからだ」

なんてえのもある。こういうなァ、小ばなしとしては、大変よく出来ておりますが、考えてからサゲがわかる。

〝考え落ち〟てンでしょうなァ。

お客さんが見ていないと、サゲがわかンないのもある。〝見立て落ち〟てえンで、料理屋の奥座敷で、お客さんが二人《ふたアリ》で、いろンな話をしている。

「いやア、それはネ、ただいい女てえなァ、世間にいくらもいるよ。でも、美人と名のつくものはネ、千人に一人てえくらいのもンだよ」

「あー、そうですか。じゃァ美人てえのは、一体どういうんです？」

「美人というのはネ、鼻の下の長い女を、ほンとの美人てンですよ」

「ほう、鼻の下の長いのが、美人ですか？」

っていってるところへ、そこの女中が唐紙をスウッとあけて、

「（鼻の下をのばしてフガフガ声で）お茶ァどうぞ」

こういうなァ、ご覧になってないとよくわかンない。

そうかと思うてえと、落ちがなくって、落ちがあるなンてえややこしいのもある。

近ごろのお子供衆の、知恵の進みかたてえのはすばらしいもので、

「おい、おじさん、おまえ、落語家だね」

「へえ、さようでございます」

「おまえ、いくつか落語知ってンだろ」

「そりゃァ、五つや六つは知ってます」

「じゃァ、こういうの知ってンか」

「どういうんで？」

「あるところに、お爺さんとお婆さんがあったんだ」

「へえ、へえ」

「お爺さんが、川へ洗濯に行った」

「なるほど……、むかしのおとぎばなしとはあべこべですね。で、それから……」

「お婆さんも、川へ洗濯に行ったんだ」

「へえ、それでは二人で洗濯ですな」

「二人でジャブジャブ洗ってた」

「へえ、それで……」

「それで、おしまいさ」

「それじゃァ、坊ちゃん、落ちがありません」

「落ちがないから、二人で洗ってンだい」

なつ

えー、夏に因んだ小ばなしばかりを申し上げます。

えー、モノの商いということを申しますけれど、〝何屋さんが来たからもう何刻《なんどき》だ〟といわれるようになるまでは大変でございます。

売り声というものは、むずかしいもので、以前はよく玉子ォ売りに参りました。

ひと声と三声《みこえ》は呼ばぬ玉子売り
なんてンで、玉子売りはふた声で売ってましたナ。

「タマゴォ、タマゴォ……」

って……。あれはふた声にかぎるンだそうで、ひと声だとどうも具合がわるい。

「タマゴォ」

「どうれ！」

人が訪ねて来たンで、取りつぎに出て行きたくなる。

三声だてえとせわしくなる。

「タマゴ、タマゴォ、タマゴォ」

追っかけられてるようですナ。

牛蒡《ごぼう》の売り声も、ひと声じゃ具合のわるいもので、

「ゴボ」

何か掘ってるようです。重ねて申しましても具合がわるい。

「ゴボ、ゴボ、ゴボ」

てンで、井戸ン中へ瓶かなンか、放り込んだようで……。こいつは、いらない
「ン」の字を入れましてナ、

「ゴンボ、ゴンボォ、ゴンボ」

と売る。もっとむずかしいのは、麩《ふ》を売ってあるく人で、麩屋さんですナ、

「フゥ」

何か吹いてるようで、

「フゥ、フゥ、フゥ」

と、三声でやりますてえと、猫が喧嘩してるみたいになる。では「ヤ」の字をつけたらどうだろうてンで、

「フヤ、フヤ、フヤ」

どうも、鼻にしまりがございません。下に「ゴザイ」と入れると、ちょうどよくなる。

「えー、フヤでゴザイ」

てンで、売り声になってくるというようなわけで……。

えー、夏場ンなってくるてえと、唐辛子《とんがらし》を売るとか、苗《なえ》を売りに参りますナ。あついとき、昼寝なンぞしてるてえと、唐辛子屋さんの声がきこえてくる。浮き浮きとしていいもンですナ。

「トンゲエ、トンガラシエー」

なんてンで、夏の気分が出て参ります。苗なンぞ売りにくる。

「ナエや、ナエ、インゲンのナエや、フジマメのナエ」

「ナエやさん、オシロイ（白粉花）のナエありませんか」

「今日は、持ってこナエ」

なンて、持って来ないなンてナエはない……。

えー、夏ンなってくるってえと、よく以前は、甘酒を売りに来たもので、えー、

「あまい、アマザケェ」

「おーい、甘酒やァ」

「へえ」

「あついかい？」

「へえ、おあつうございます」

「日蔭ェ歩きねえ」

「ヘッ⁉」

そいつを、見ておりました人が、

「え、うめえことをいってやがンな。〝あまざけやッ〟と呼びゃァがって、〝おう暑いかい〟〝へえ、熱うございます〟てえと、〝日蔭を歩きねえ〟てやがる。うめえや、こりゃァ。よし、おれもひとつやってやろう。おー来やァがった」

てンでナ、

「おーい、甘酒やァ」

「へえ」

「あついかい？」

「へえ、飲みごろです」

「じゃァ、一ぱいくンねえ」

損しちゃったりする……。

どうもそういうようなのが、いくらもあるもンで、

「何だなァ、え、ずいぶんひどい雨だったなァ」

「そうだなァ、暑くってしようのないところへ、この雨の降ってくるてえなァ、天の助けだなァ」

「全くだ、夕立があってから、暑さがスーッと消えちゃった。え、日が当たって来て、この庭の芝生なンぞ、どうでえ光ってるじゃねえか。夏の雨てえなァ、全く人助けンなるなァ。

えッ、なんだいありゃァ。そこに動《いご》いてるものがあるけど、何だろうな、何だろう？

おう、一体何だい、おめえは、え、見たことがねえもンだナ」

「あたしは、タツでございます」

「タツ？　あー竜《たつ》かァ？　竜てえなァおめえかい？」

「えー、いま雨降らしたのは、あたしでございます」

「おまえが雨降らしてくれたのか。そいつァありがてえや。で、どうしてこんなとこに、ウロウロしてンだい？」

「えー、足ィふみ外して、雲から落っこっちゃったンです」

「そいつァいけねえナ。で、どうすンだい？」

「いま雲が迎いに来てくれますから、それまでここィ置いといてください」

「あー、いいともさ。涼しい思いをさせてくれたンだァ、ゆっくりしていきな、ウン」

「へえ、あたしァふンづかまって、動物園へでも持ってゆかれると思ってたンですが、こうして助けて頂いて、ありがとうございます。恩返しに、暑いときはいつでもそういってください。雨降らせますから……」

「そうかァ、ウン。暑いときにゃァ、恩はかえせるが、寒いときには恩は返せねえだろう？」

「いえ、寒いときだって、恩は返せます」

「どうする？」

「せがれのコタツを、よこします」

なんてえンで……。

えー、雨がどっさり降りましてナ、ドブから上へ、こう水があふれちまった。どっかの池から逃げて来た金魚が、泳いでるうちに、ひょいとそのドブの上へ出ちまったところを、

「あッ、金魚だッ」

てンで、子供がつかまえて、大勢でもって、尻《しっ》ぽンところを持ったりしているところへ、通りかかった人が、

「おい、よしなよしな、え、金魚をそんなことォするもンじゃないよ。なァ、おじさんがおアシをやるから、売っとくれ」

てンで、その金魚を家へ持って参りましてナ、庭の池へ放してやる。それが何年かたつうちに、すっかり大きくなって、その様子のいいてえなァない。誰ひとりほめないもなァありません。

この人が、盆前になって、苦しくってしようがない。

「どうもしようがねえなァ、こう苦しくっちゃァ、夜逃げでもしなくちゃなンねえ」

と思って寝ているってえと、夢まくらにこの金魚がナ、きれいな女の子になって出て来て、

「あたしは、あなたに、危いところを助けて頂いたから、ご恩がえしに女の子になり

ますから、どっかの芸者屋へでも入れてくだされば、あなたにお金をさしあげることが出来ます。あしたのお昼ごろ、ここへ来ますからどうぞ待っててください」

ひょいと目ェさめて、

「何だい、夢かい、ばかばかしい」

てンでナ、かみさんと話をしているってえと、昼時分になって、

「あのォ、こんちはァ」

と入って来たのが、十七、八の、見たこともないようなきれいな娘《こ》でありまして、

「あたし、金魚でございます。おじさん、どんなところへでも働きに参ります……」

「あー、そうかい、金ちゃんかい。おれを助けてくれるンだね。そいつァありがてえや、ウン。じゃァ、早速行こう」

「あるくのは苦手でございます。それに、猫がいると具合ィわるいンで、抱いてってください。向こうへ行きましたら、御飯《ごはん》つぶはいけないンでございます。なるたけ麩《ふ》だけにしといてください」

いろンなことをいう。

先方へ見せるてえと、

「あー、いい娘だねえ。この娘なら、あたしンとこじゃすぐ抱えるよ、ウン。何かや

ってごらん。歌ァうたうの？　じゃひとつ歌ってごらんヨ」

三味線弾《ひ》くてえと、この娘が、いい声で、「梅にも春」かなンか歌った。芸者屋のおかみさんがおどろいて、

「まァ、いいコイだねえ」

「いいえ、あたしはキンギョです」

なんてンで、いろいろなのがあるものでございます。

えー、江戸の年中行事の一つはてえと、花火でございまして、両国の川開きの夜なンてえもなァ、大変な人出でございます。橋の上へ、みんな立っちまって、

「タマやァ――」

「カギやァ――」

と、ほめている。

「おう、どうしたい、青い顔ォして？」

「あー、紙入れェ盗《と》られちまったンだ」

「そうかい、そいつァいけねえな」

「誰だい、え、おれの大事な紙入れ掏摸《すり》ゃァがったのは……ちくしょうめ、誰でえッ」

途端にナ、ドーンと花火が上がるてえと、みんなが声をそろえて、(人差し指を曲げて)

「カギやァ……」

夏の小ばなしてえのは、いろいろあるもので、えー、夏ンなるてえと、氷屋の縁台《えんだい》ですとか、菓子屋の縁台ですとか、そういうところでよく、将棋を差しているのを見ますが、差してるうちにまわりに立っている人が、

「おう、そりゃァダメだ。そんなとこィ金がいっちゃァ死んじまうぜ」

「そうかい?」

「そうだとも。おーッとダメだ。そこンとこィ歩が上がっちゃァ……」

なんてンで、どっちが差してンだか、わからないのがございます。

「おう、一つやろうじゃねえか」

「うん、うめえ具合に、誰もいねえから、早いとこ差しちゃおう。まわりに人がいるってえと、いろンなことをいってうるさくってしようがねえ」

「あー、いけねえ、来たぜ来たぜ、え、横丁の隠居が来やァがった。一番うるせえのが来やがった」

「かまわねえよ。え、今日は賭《か》け将棋だから、助言は一切いけねえって、ハナからい

うから」

「うん、そりゃァいいや」

「う、始まってるな。え、どうなってンだい？」

「隠居さん、今日のは賭けでやってンだからねえ、助言しないでおくんなさい」

「あー、助言なンぞしやしねえ」

「しやしねえったって、おまえさんはすぐするんだから……。今日は助言すると、なぐることにきめたんだから」

「なぐられてはたまらないよ。助言なンぞしないよ。

(とのぞき込んで)

おーッとっと、桂馬がそォいくなア、うまくねえなァ……」

「それがいけねえてンだ」

「助言じゃねえ。立っててひとりごとをいってるだけだ。うん、その、銀は、取られちまう」

「うるせえや、コンちくしょう」(と思いきり叩く)

「おい、なぐるなァよくないよ」

「キメたものしようがねえよ。ざまァみやがれってンだ」

「おいおい、あの人ォぶっちゃァいけないよ。あの隠居ァ、以前は武士《さむらい》だよ。うっかりなぐったりした日にゃァおめえ……。あッ、来た来た、ほら、ごらんなよ、え、カブトをかぶって、鉄扇《てっせん》まで持って出て来たよ。え、どうしようかねえ」

「弱っちゃったなァ……。え、ご隠居さん、どうも今ァすみません」

「あー、いや、かまわず将棋をやりなさい」

「いえ、もうやりませんよ」

「いや、ヤンなさいッやンなさいッ！　わたしも助言するぞ。いくらなぐられてもよいように、カブトをかぶって来たッ」

あき

えー、以前、吉原てえところが大層全盛をきわめた時分でございますが、えー、浅草から吉原へかけて、大きな田《た》ン圃《ぼ》がありましてナ、みんなここを突っ切って行ったもンですナ。俗にこれを吉原田ン圃という……。

〝惚れて通えば千里も一里、ながい田ン圃もひとまたぎ〟なんてンで、あんまり学校じゃ教《おせ》えてくれないけれど……。そうして向こうへ行って、ひとまわりひやかしてから、また田ン圃道を、妓《おんな》のはなしなンぞしながら帰ってくる。

「妓がネ、今夜ァ登楼《あが》れっていうんだよ、たまにはお登楼りよォ、なんていやがンだよ、ウン。こんだァきっと登楼るよッてんで、帰って来たけど、考えるとかわいそうになっちゃってな、ウン」

なんてなことをいって、毎晩のように、大勢がゾロゾロと田ン圃道を帰ってくるから、田ン圃の蛙《かえろ》がこいつを覚えちゃって、

「なンだい、おい、どうも人間てえのはよくひやかしにいくね」

「おもしろそうだな。カエロだってたまにはひやかしに行きてえや、行かねえか」

「うん、行こうか」

「行こうじゃねえか、みんな誘《さそ》って行こうよ」

「おーい、殿さまァ、行かねえかい、え、ひやかしに。おめえなンざ様子《ようす》がいいよ、背中に筋が入ってて、ウン。赤蛙《あか》もゆけやい、青蛙《あお》もみんなでゆこうじゃねえか。エボ？　きたねえなあいつァ、え、衛生によくねえや」

「さァ、みんな並んでナ、人間のように立って行こう、え、立ってなァ。いいかい、

向こうへ行って、はぐれるってえと、踏みつぶされちゃうよ」

「どうでえ、えェ、きれいだな」

「そうよ、ここが全盛の吉原だ」

「ズーッと並んでるのは、人間の花魁《おいらん》かい」

「そうよ」

「ふふん、ここの楼《うち》ァ何人いるんだい」

「七人いらァ」

「おめえ、どの妓《おんな》がいい？」

「そうだなァ、おらァ上《かみ》から四枚目を張ってる妓がいいや。おめえはどれだ？」

「オレは、下《しも》から四人目がいい」

「七人目のまン中なら、上からでも下からでも、四枚目はおンなしだい、バカ」

「あ、そうか」

「おめえ、どうしてアレがいいンだ？」

「うーン、どうしててえほどのこたァないけど、八ツ橋の裲襠《しかけ》を着てるンだ。妓なンぞわかンないんだよ、カエロだからナ。あの八ツ橋の裲襠がいいや、ウン」

「なんという妓《こ》かきいてみろよ」

「そうだな、エエ、若い衆《し》さん」

「へえ、へえ」

「あすこの、八ツ橋の裲襠を着ている花魁、アレ、なンてえの？」

「えー、てまえどもにはおりませんよ」

「あすこにいるじゃねえか」

「いえ、八ツ橋の裲襠を着た花魁は、お向こうなンですよ」

カエロだから、立ってたンでネ、目がうしろのほうにくっついていたという、バカバカしいはなしがあるもンで……。

えー、ああいうところへ行って、モテたりなんかするのはいいけど、フラれるといやなもンでございましてナ、えー、ですから、妓にモテたようにしようてンで、いろいろ考える。妓がこう喰いついたことにして、友達に見せてやろうてンで、自分で自分の腕にくらいついてナ、こう歯の痕《あと》ォくっつけて、

「どうも、弱ったよ」

「そうかァ」

「ウン、妓にナ、〝別れようよ〟と、そいってやったらナ、喰いつきゃがった。〝くやしいよォ〟てンで、こんなに傷をつけやがった。見ねえ、え、この歯の痕ォ」

「うん、こりゃァひどい痕だ。でも、女にしちゃァ口が、大きいなァ」

「そりゃおめえ、笑いながら喰いつきゃがったんだ」

笑いながら喰いつくてえなァないんですけど……。

えー、廓《くるわ》ではご婦人のことを、花魁といったものでありますが、どういうわけで娼《しよう》妓《ぎ》のことをおいらんといったかてえと、狐《きつね》、狸《たぬき》は尾《お》で化《ば》かすけれど、花魁は手練手管《てれんてくだ》で化かすから、尾はいらないから〝おいらん〟だてンですが、あまりアテにはなりません。

えー、花魁がお客の機嫌を取ってるときに、つい粗相《そそう》をする。これが一番困るんだそうですナ。生きてる人間ですからナ、出物腫れ物《でものはれもの》で、こいつばかりはしようがない。

スーッとひとつ落としてしまって、

「まことに相すみませんでございまして……。実ァ、あたくしのおッかさんが患《わずら》って、とってもわるくなって、医者が首をかしげるようになったときに、あたくしは観音さまに願《がん》をかけまして、母親の病気を治していただきましたらと、月に一ぺんずつ、人《ひと》中《なか》で恥をかくのでございます」

「えらいねえ、ウン。おッかさんの病気を治したい一心で……、月に一ぺんずつねえ……」

「はい」

途端に、またやったりなんかして……。

「また出たねえ？」

「これは来月の分」

いろいろ、頓智てえなァあるものでございます。

えー、花魁てえものは、ノンキな商売のようですけれど、いろいろと物入りがありますもンで、苦しいときには、朋輩《ほうばい》からモノを借りたり、そいから、おばさんから借りたりなんかする。

おばさんといったって、別に身寄りじゃァない。いろンな世話ァする人のことをおばさんといいますナ、ウン。仮りの名を遣手《やりて》といいますが、〝やりてえ〟てえからくれるかと思うと、もらいたがってしようがない。

「ねえ、きっとかえすから、おばさん都合してよォ。このおばさんに、利息つけるからさァ」

なんてンで、借りたがなかなかかえさない。

「花魁、どうしてくれるのさアレを……。もうお盆だよ、あたしのほうだって、いろいろ都合があンだからネ。あのお金ェ、どうかしておくれでないかねえ」

「それがねえ、おばさん、お客さんが持って来てくれないんだよ。ねえ、もう少し待ってくれないかしら……」

「いえ、もう待てないンだよ。あたしゃ、あのお金かえしてもらわないと、どうもしようがないんだよ。生きてられないンだよ、ほンとに。首でもくくらなくちゃならないンだよ」

「じゃァ、そうでもしてもらおうかしら」

てンで、ひどい奴があるもんで……。

えー、吉原へくり込む客てえなァ、以前は駕籠ォ利用したものでありまして、駕籠ン中にも宿《やど》駕籠と辻《つじ》駕籠とある。四つ角なンぞに出て、吉原ゆきの客を待ってるのは、この辻駕籠のほうでしてナ、

「おう、駕籠屋ァ」

「へい」

「吉原《なか》まで行くんだが、いくらだい？」

「一朱《いっしゅ》やっておくんなせえ」

「冗談いっちゃァいけねえ。一朱も出すくれえなら、宿駕籠で行かァな。三百でどうでえ。え、いやならよすぜ」

「へえ、ようがす、参りましょう」

こういうときは駕籠屋のほうにも、ちゃァんと含みがありますからナ、わざとゆっくりゆっくりとかつぐから、ドンドンあとの駕籠に抜かれる。

「おう、駕籠屋さん、え、冗談じゃねえぜ。宿駕籠に抜かれるンなら我慢もするが、同じ辻駕籠に抜かれるべらぼうもねえじゃァねえか」

「へえ、あっちの駕籠には、お酒代《さかて》というもんがついておりますンで……。あと二百もはずんでおくんなさい。旦那、今の駕籠なンぞ、すぐ抜いちまいますから」

「うん、じゃァ、二百出そう」

てンで、客ァどうしても取られるようになる。

ところが、中にゃァもう一つうわ手な客がおりましてナ、安くきめておいて、駕籠が上がろうとする途端、

「おう、駕籠屋さん、途中で酒代をねだっても出ないよ」

と引導を渡してしまう。駕籠屋ァこういうときはわざと、大声を出してナ、

「おう、相棒」

「何だい」

「ゆンべのお客ァ粋《いき》だったなァ」

「そうそう、旦那ァ堤《どて》へ参りましたといったら、あァそうかいここで下りよう。おれ

もずいぶん駕籠にのってるが、おまえたちのような担ぎっぷりのいい駕籠ァはじめてだ。こりゃ少ないけど、ほンの酒代だよッて、一朱ずつくれたっけなァ」

「そうそう、今夜もあんな粋な客に、出会いてえもンだ」

のってる人ァ、いやな気分です。ところがお客も曲者《くせもの》ですからナ、わざと駕籠ン中で、グーグーといびきをかいている。

「おう相棒、お感じはないらしいぜ。少しあたろうぜ」

「おう、合点だ」

てンで、二人でもって痛《いた》ぶり始めたから、こいつァたまりません。お客ァ天井へ頭ァぶっつけたりして、痛えの痛くねえの……。

「へえ、旦那ァ、堤へ参りました」

「あァ、そうかい。つい酔っててウトウトしちゃったが、おかしなことがあるもンだナ、え、ゆンべも駕籠を下りたのがこゝンとこだよ。不思議な駕籠にのり合わせてナ、おれが下りると、もし旦那、あっしたちもずいぶん長い間駕籠かき渡世をやってますが、あなたのようにのりっぷりのいいお客をのせたのは、はじめてです。失礼ですが、これは少ないがほンの酒代ですと、駕籠屋さんのほうから一朱ずつくれたよ」

こんだァ、駕籠屋のほうが立ったまま、グーグー……。

駕籠屋とお客のかけ引きでございますナ。

えー、男と女の関係というものは、実に不思議なものでございまして、人は縁《えん》というものがないとその人には会えない。それは何だてえと、この縁はすべて、神さまが結んでくれるんでございます。

えー、年に一ぺん、出雲《いずも》というところへ、神さまが集まりましてナ、だからそのときは、どこの神社にも神さまがいなくなる。だから〝神無月《かんなづき》〟（陰暦十月）なンてえことをいう。

出雲へ、こう大勢の神さまが集まって来ちゃって、えらいにぎやかで、

「どうも、みなさん、ご苦労さん。あー、弁天さま、あァたァいつもきれいですなァ。大黒さまもニコニコしていていいねえ。誰だい、そっちのほうへ引っ込んでるのは、山谷の痔《じ》の神さまだね？　そんな尻のほうに引っ込んでないで、もっとこっちへおいでよ。

あー、そっちは深川の不動さまだネ、どうですもうかりますか？　なに、もうからない？　そんなこたァないよ、おまえさんなンざ、ずいぶんお賽銭《さいせん》が上がるだろう？　え、そうでない？　なンしろ、不動ソンというくらいだって……おまえさんは、相変わらず駄洒落が多くっていけないよ。

おォ、春日さん、ちょうどいいところで会った。ひとつ手伝っとくれよ。ともかく、この縁というものを結んでしまわないといけない。若い人間を、いつまでも一人で置いといちゃロクなことはない、ウン。ねえ、どうです、そっちのほうに何かありませんか？　あー、弁天さんのほうにいいのがある？　え、十九ンなる娘かい？　そりゃァいいネ。え、大黒さんのほうは、二十一ンなる男かい？　じゃァソレを貸しとくれ、あたしが結ぶから、ウン。そっちは十八の娘？　ほい来た。そっちは二十三の男かい？　ほい来た、そいつも結んじゃおう」

てンでナ、神さまが、順にこうやって（と、紐を結ぶ手つきをして）結んでゆきますナ。

「おい、うるさいネ、そっちのほうでグズグズいってるのは、誰だい？　あー、荒神《こうじん》さまだネ。なに、お神酒《みき》を、飲みすぎて、酔っぱらっちゃった？　しようがねえなァ、毎年だよ、おまえさんは、お神酒の上がよくないよ、本当にィ。大黒さんに、そう喧嘩ァ吹っかけちゃいけないよ。

なにグズグズいってンの？　なに、大黒が、気に入らねえ、いつも帽子をとらねえから、無礼だって？　そりゃァネ、大黒さんはどこィ行ったって、帽子を取りゃしないよ。荒神さん、おまえのほうが無理だァな。

まァまァまァ、大黒さん、おまえさんまで、小槌《こづち》なンぞふりまわしちゃァ危いよ。

おー、トットット……まァ、よしとくれよ、喧嘩は！　おーい、誰かとめてくれえ、とめてえ……。

あーあア、なんだいこりゃァ、折角結んだ糸が、メチャメチャになっちまった。また結び直さにゃいけないよ。みんな手伝っとくれよ。

えーと、ソレとコレだろ？　そっちのと、こっちのと……」

てンで結び直しているうちに、ハンパが出来ちゃった。

「男が二人に女が一人か？　うーム、しようがねえ、えい一緒に結んじまえ」

なんてンでナ、こういうのがつまり、三角関係になるンすナ。

えー、あるところにナ、大層なお大尽がおりまして、ここのお姫さまてえのが、年頃ンなって、そりゃァ美人でございます。

唐土《もろこし》の楊貴妃《ようきひ》はなんのその、普賢菩薩《ふげんぼさつ》の再来か、常盤御前《ときわごぜん》か袈裟《けさ》御前、お昼のごぜんは今すんだ……てえくらいの美人でございます。縁談は降るようにある。

降るような縁談の中から、えらばれましたのが、三人の若者でございまして、こりゃァ三人とも、若さといい、体といい、男前といいすべてのものが甲乙ございません。

お姫さまァみんな好きだてえから、こりゃァ弱っちまった。三太夫がナ、

「えー、お姫さま」

「なンじゃ？」

「こういうのはいかがでございましょう。三人に駈けっこさせて、一番早く走ったものに、おきめになっては？」

「なるほど、で、どこを走るのかえ？」

「えー、峠の一本杉のところから、お邸まで、約十里の道のりがございます。道々に人を立てて、いかさまのないようにして、ここまで走って参りますのを、お姫さまがごらんになれば、誰が一番かすぐおわかりでございます」

「うん……」

てンでナ、三人の若者は、〝ようし、おれこそ一番だ〟ってンで、峠の一本杉ンとこからナ、袴の股立《ももだち》ィ取って、着物ァたすきにして、鉢巻きをうしろで結んで、こう一緒ンなって走り出した。

一里、二里、三里、肩アならべて走る。五里、六里、七里……おンなしでございます。いよいよ、お邸ンとこへ来て、庭に張った縄へとび込んだのも全く一緒で、どれが一番も三番もない。お姫さまァ、気の毒にウーンと目ェ回してしまった。

三人の若者ァ、顔見合わせて、

「これが、本当のマラソンだ」

男だからマラがすれちまって損したってンですが、こりゃァつまり、〝考え落ち〟ですナ。

ふゆ

えー、動物に因んだ小ばなしてえのも、たくさんあるものでありまして、ねずみの娘がナ、お嫁に行って、じきに帰って来たんで、ねずみのおっかさんが大変怒ってナ、

「おまえは、あんな結構なとこへ行ったのに、なンで帰って来たんだい？」

「でも、おっかさん、あすこの家、あたしいやなんですよォ」

「どうして、いやなの？」

「あのォ、ご隠居さんが……」

「やかましいのかい？」

「いえ、やさしすぎるんです」

「やさしすぎるんなら、いいじゃないか」

「でも、あの、猫なで声なンで……」

なんて、のん気な話があるもので……。

えー、枡落《ますおと》し（ねずみを捕るために枡を棒で支えて、中に餌を置いて触れると枡が落ちる仕掛け）で、ねずみを捕《と》った時分のおはなしで、

「おう、捕れたかい？」

「ウン、捕れたぞ、こいつァデッけえぞ」

「そうかい、大きいったって、おめえ、大きかねえじゃねえか。尻っぽンとこ見ろやい。ちっちェじゃねえか」

「コンちくしょう、人のやったことにケチィつけるのか。大きいよッ」

「大きかねえや、小せえや」

「大きい」

「ちッせえ」

大きい、小せえって、外でモメてるてえと、ねずみが枡ン中で、

「チュウ」

なんてえのがある。

「そいでなンですかい、その猫ァひろって来たんですね」

「うん、ひろって来たてえと何だけど、鳴いてて可哀そうだから、飼ってやろうと思

って拾って来たんだ」

「ふーン」

「名前をつけなくちゃいけねえ。タマだの三毛《みけ》だのてえなァ、ありきたりでいけねえから、何かこう強そうな名前《なめえ》を考えてくンねえか」

「へえ、猫に強そうな名前をねえ？　じゃ、岩見重太郎なンてえのは、どうです？」

「およしよ、バカだな、おめえは。猫らしいンで、強そうでなくちゃいけねえよ」

「ウン、じゃァ、虎《とら》とつけたらどうです、虎と……」

「トラかア？　ウン、こりゃァ強そうだ。じゃこの猫、トラと呼んでやろう。虎やッて……」

「虎が強いったって、竜虎てえから、竜のほうが強いかもしンねえ」

「あァ、リュウは強いや。じゃァ、竜とつけてやろう」

「竜が強いったって、雲があるから、竜が威張ってンだ。雲がなかったら、おまえさん竜なンてえもなァだらしがないよ」

「じゃァ、クモとつけようか」

「雲より風のほうが強いや。ねえ、風が吹くてえと、雲なンぞ吹っとばされちゃう」

「じゃァ、カゼにしようか」

「風より、壁のほうが強かァねえかァ？　壁ァ風をふせいじゃうから……」

「じゃァ、カベだ」

「壁より鼠のほうが強いや、ウン。壁なンぞ喰い破っちまう」

「じゃ、ネズミだ」

「鼠より、猫のほうが強えや」

「じゃァ、ネコだ」

なんてンで、もとィ戻ったりなンかしちゃって……。こういうのを〝回り落ち〟というんでございます。

えー、ある家ィ泥棒が入ったておはなしで……。

「おまえさん、ちょっとお起きよ。泥棒らしいよ」

「なに泥棒？　泥棒が入ったっておめえ、何も盗《と》られるもなァありゃしねえ。うっちやっときな」

「だって、こわいじゃないか。勝手道具一つ持ってかれたって、すぐこまるよ、おまえさん……」

「まァ、そう騒ぐな、一体どこへ入った？」

「台所のほうでガタガタしてるよ」

「なァるほど、ゴトゴトやってンな。ありゃァおめえ、ねずみだよ。泥棒じゃねえ」

「泥棒だよォ」

「ねずみだよ」

泥棒ァしようがねえから、チュウ！

「それみろよ、ねずみだろ」

「しかしネ、ねずみにしては、少し音が大きいよ」

「そうだな、そういえば猫かな？」

てえと、泥棒は、ニャアン！

「それ、猫が鳴いてらァ」

「猫にしちゃァ、少し声が大きいよ」

「じゃァ、犬かな」

泥棒ァ、ワン！

「犬より、もっと大きくきこえたよ」

「じゃ、馬じゃねえか」

「ヒイーン！」

「馬より大きいよ」

「牛だろ？」

「モーッ！」

「牛より大きぃ」

「じゃ、虎かな」

泥棒も、虎じゃなき声がわかンないから、おどろいて逃げ出した。主人が追っかける。逃げ場ァ失って、庭の隅の池ン中へとび込んだ。この池ァ古池でナ、かなり深ぃから、何かにつかまって、頭だけ出しているってえと、

「おう、竿竹かなンかねえかぃ」

「ここにありますよ」

「暗いからよくわかンねえが、あそこに何かいるぜ」

テンでナ、泥棒の頭ァポカポカなぐって、

「おう、コンちくしょう、杭《くい》か泥棒か、杭か泥棒かァ」

てえと、泥棒ァしようがないから、

「クイ、クイ」

間抜けな泥棒もあるもので……。

えー、殿さまてえのも、よく小ばなしに出て参ります。

「あァ、これ三太夫」

「ははァ……」

「今宵は十五夜であるの？」

「さようにござります……」

「お月さまは、どうじゃ？」

「恐れながら申しあげます。和歌敷島の道にては、月は〝月〟でございます。ご大身《たいしん》の身をもちまして、〝お月さま〟などは、小児童《しょうにわらべ》にひとしい言葉にてござりますゆえ、月と呼び捨てでよろしゅうございます」

「ウン、さようか。しからば三太夫、これ、月はどうじゃ？」

「ははァ、一天隈《いってんくま》なく冴えわたっております」

「うむ、星めらも出ておるか」

そんなぞんざいにいわなくたっていい。

えー、お大名の召し上がりものてえのはぜいたくで、鯛なら鯛のお焼きものが出ると、ちょいとお箸をおつけンなって、もうおかわりってンでお下《しも》へさがって、また同じような魚を持ってくる。ちょうど、桜時分でございまして、さるお大名がご酒宴の最中で、鯛にひと箸つけた。ところがこの日はあいにくの不漁《しけ》で、かわりの魚がない

というんで、家来はこまったが、中に一人頓智のきくお侍《さむらい》が、

「えー、お上《かみ》に申しあげます。花は半開をたのしむと申しまして、あのしだれ桜の半ばひらきましたる風情、えもいわれません」

「どうれ、おー、見事見事……」

殿さまが花に気ィ取られているすきに、スウッと皿ァ引いて、鯛をくるっとひっくりかえした。

「えー、おかわりが参りました」

「おう、もう参ったか」

また箸をつけて、チョイとほじって、

「あー、かわりを持て」

もうかわりはありゃァしません。

「かわりはどうした」

「へへッ？」

「いま一度、花を見ようか」

殿さまァ、さっき見て知っていたんじゃしようがない。

こちらは、お大名のお姫さまで、タバコが好きなんですナ。こういう身分になるっ

てえと、煙管《きせる》に自分でつめたりしない。

「あ、タバコ」

てえと、お側の衆がチャンとつめて、火をつけてさしあげる。煙管をポンとはたいて、そこへ置くてえと、もうお下げでございますから、これも大変で……。えー、ちょうど秋のころで、雁《がん》が二、三羽渡るのを見ながら、タバコを召し上がっている。

「これ、見やれ、ガンがとぶ」

「お姫《ひい》さま、加賀の千代でさえも、〝初雁《はつかり》をならべてきくは惜しいもの〟と申しましたくらいでございます。まして大身のお身の上、ガンとおおせられず、カリと御意遊ばしますよう」

「あー、さようか」

ポンと煙管を叩いた途端、どうしたわけか、煙管のナ、雁首《がんくび》がスーッと向こうへとんだ。

「おー、カリクビがとんだ」

こっちのほうなら、ガンクビといえばいいンで……。

どうもそういうようなわけで、大変なものでございます。

えー、やっぱりこのォ、落語てえものは、町人のもンですナ、

「なァ、むかしの義経てえなァ、大層身が軽かったんだなァ。え、船を八艘《そう》とんだてえからなァ、八艘とびって……」

「なァに、おれなんざァ、もっととばァ」

「え、おめえが、そんなにとべるのかい？」

「あー、さっき、道で糞《くそ》ォ（九艘）とんだ」

なんてンでナ……。

えー、ごくむかしの、ごく田舎で、まだ饅頭《まんじゆう》なンてえものを見たこともないところがございまして、おおかた鳥でもくわえて来たのでございましょう。道ばたに饅頭が一つ落っこちている。

「おう、田吾作やァ、おかしなものが落ちてるでねえか。何だなァ、こりゃァ？」

「うん、見たこともねえもンだ。何だんべえ？」

「毛が生えてねえとこを見ると、けだものでもあンめえ？」

「そうよなァ、羽根のねえとこ見ると、鳥でもなかンべえ」

「虫だんべえか？」

「そう、虫だ。虫に違いねえだ。毒虫でそばへ寄って、嚙みつかれるといけねえ」

「こんな虫ィ、生かしておいて、ふえでもしたら村中のためンなンねえだ。ぶっ殺してやるだ」

「よかっぺえ」

てンで、その饅頭を、力まかせにナ、持ってた棒でつぶしたんで、中のアンがはみ出した。

「うわーッ、ハラワタがとび出したァ。見ろ、こりゃァ、小豆《あずき》ィ喰う虫だンべ」

田舎の人てえものも落語によく出て参りますナ。おしまいはすこうしまとまったおはなしで……。

えー、むかしはってえと、どこの田舎にも地酒てえものがありまして、中にゃァうまい酒もあったもので……。

「あー、山ァ越して来たら、ノドがかわいた。お爺さん、酒はあるかい」

「酒かねえ。酒と来たら、自慢じゃねえが、この界隈どこィ行っても飲まれねえうめえ酒がある。わざわざ山ァ越して、人が飲みにくるだァ」

「そいつァありがてえな、じゃ一本つけておくんなさい。あー、そいからちょっと、便所かりたいもンだ」

「小便《しょんべん》なら、かまわねえから、そこいらでやんなせえ」

「いや、小さいほうじゃないンで」

「あァそうかね、じゃァこの裏ァ回ると、桶《おけ》があるだ。大きい桶だから、落っこちないようにしなっせえよ。あー、そうそう、右じゃねえ、左のほうサ回るンだァ」

「あー、どうもありがとうよ。おかげでスーッとした」

「アハッハッハ、そりゃァよかっただ。江戸の人ァみんな行儀がいいからナ……。さァ、ちょうどいい燗《かん》がついたから、飲みなせえ」

「それはそうと、少々伺いますが……」

「なンだ、改まって？」

「いま裏へ出ようと、左へ曲がるところを、うっかり右へ曲がりましたら、物置のようなところがあって、そこに荒縄でしばられて、猿ぐつわァはめられてる若い男がおりましたが、ありゃァ何です？」

「あー、アレかにィ。アレは心配することァねえだよ、ウン。それ、そこに膳《ぜん》が出てるだろう。今しがた、おめえさまと反対のほうから峠を上がって来た旅人だがネ、わしンとこの酒ェ飲みやがって、渋《しぶ》いとこきゃァがった。

　さァ、勘弁出来ねえ。え、先祖へ対しても、こりゃァ勘弁出来ねえだ。峠の茶屋の酒ァうめえといって、わざわざこの峠の向こうから、十丁も二十丁も越えた、みんな飲みにくるてえ酒だ。その酒を渋いとこきゃァがる。

え、こりゃァきっと、おらのとこの酒のうめえのをうらんで、近所の酒屋からよこした回しものに違いねえ。年ァとっても百姓で鍛えた腕ッ節だアな、ふンじばって、さんざっぱら叩きのめして、物置ィほうり込んであるンだよ」

「へえ、そりゃァごもっともで……」

「あンな奴のこたァ構わねえから、おめえさん、さァ飲みなっせえ。さァ、早く飲んでくださっせ」

「じゃァ、頂こうか。こりゃァ、どうも結構な色で……」

「色なンぞほめたってしようがねえ。グーッと飲《や》ってほめておくンなさい。さァ、それをあンちくしょうは、渋いとこきゃァがって、太え野郎だ。さァ、おめえさま、早く飲みなせえ」

奴さんふるえながら、グッとひと口飲んでおどろいたのなンの、タハーッてンで……、（渋くってどうしようないという表情）

「おう、どうしたネ、変な顔ォして？　え、うまかんべえ？」

「ウヘヘ……。（うしろへ手をまわして）お爺さん、おれもしばっておくれ」

紙入《かみい》れ

『風呂敷』とならぶ間男ものの代表。間男が証拠の品の紙入れを忘れて逃げ、翌朝それを取りにいく。したたかなかみさん、いささかもあわてず、亭主をけむにまくという設定は、志ん生級の描写力がないとこなしきれない。これも戦時中の〝禁演落語〟の一篇。

えー、今はそんなことありませんが、以前はいくらもあったのが何《なん》だてえと間男《まおとこ》で……。間男というものを、只今は三角関係だなんて申します。どっちィしたってそうなんだ、ねェ。三角形の関係だから間男。だから花魁《おいらん》なんざァ、金平糖関係かなんかだ。

〽ことづけ頼まれ目籠《めかご》に入れて、帰る途中に漏れちゃった。

という都々逸がありますが、ことづけというものは頼まれると忘れるもンですナ。

「これひとつ、行ったらそう言ってくんないかね」

「ああいいともさ」

きっと忘れちゃう。そのかわりに、

「このことは言っちゃいけないよ。喋《しゃべ》らないでね」

「うん」

きっと喋るんです。不思議なもんでございますナ、どうも……。

甲「どこィ行くんだい？」

乙「う、うん、今ちょっとそこまでね」

甲「ふーん」

乙「はァ、どうもねェ」

甲「なんでえ、ひとりで感心してるじゃねえか。なんかあるのかい？」

乙「うん、なんかっていうんじゃねえけどね……」

甲「ちょっと俺に言ってみねえナ」

乙「いや、いいんだよ。こんなこと言うこたァねえやナ」

甲「気ンなるじゃねえか。ひとりで笑っててサ。なんだよ、え？」
乙「なんだって、エヘヘ、手前《てめえ》お喋《しゃべ》りだからナ」
甲「お喋りだからって、喋ってくれるなって言やァ喋らねえよ。なんだよォ？」
乙「喋られると困るんだよ」
甲「喋らないよッ。べらぼうめ、なに言ってやんでえ。喋ってくれるなって言われりゃこっちゃグッと我慢するんだから。はばかりながら、背中ァたち割られて鉛《なまり》の熱湯注《つ》ぎ込まれたって、言わねえときには言わねえんだ。なんでえっ？　どういうことだい？」
乙「うん、間男一件だがナ。言っちゃ駄目だぞ」
甲「へーえ、どこだい？」
乙「横丁の豆腐屋よ」
甲「ふーん」
乙「豆腐屋の嬶《かか》ァが間男してやンだよ」
甲「へーえ、相手は誰だい？」
乙「建具屋の半公だよ」
甲「はーん」

乙「言っちゃいけないよ。いいかね、駄目だぜ」
甲「誰が言うもんか。冗談いっちゃいけねえ。そんなこと言うもんか。……はじめて聞いたねェ。へえー、豆腐屋の嬶ァが間男してるッて……」
丙「どこィ行くんだい?」
甲「う、うん、ちょいとそこまで」
丙「なんかひとりごと言ってやァがる。なんかあンのかい?」
甲「う、うん、なんにもねえんだよ」
丙「なんにもなきゃ何か言えやい」
甲「おめえ喋るもの」
丙「俺、喋らないよ……喋らないよ」
甲「喋るよ」
丙「喋らないとも俺。言ってくれるなって言われりゃ、江戸ッ子だ、たとえ背中ァたち割られて鉛の熱湯を……」
甲「そりゃ俺がいま言ったやつだ。言わねえでくれよ、え?」
丙「うん」

甲「横丁の豆腐屋の嬶ァが間男してンだ」
丙「へーえ、相手は誰だい」
甲「建具屋の半公だ」
丙「はーん」
甲「わきィ行って言うな」
丙「ああ言わねえとも。……どうも驚いたなァ。……ちょいとォ」
丁「なんだい？」
丙「おめえ聞いたかい？」
丁「なんだい？」
丙「横丁の豆腐屋の嬶ァが間男してやアがるのを」
丁「へーえ、はじめて聞いた」
丙「言うな」
丁「相手は誰だ」
丙「建具屋の半公だよ」
丁「へーえ、どうも。そんなこと世間へ行って言やァしねえや」
丙「言うな」

丁「言わねえ言わねえ、うん。言わねえともさ。おう、悪《わり》い奴が聞いてやァがるね、おい。与太郎が聞いてやァがる。笑ってやァがる。

（与太郎に）てめえ今なんか聞いたろ？」

与太郎「ああ、いま聞いちゃった。横丁の豆腐屋の嬶ァが間男……」

丁「おゥおゥおゥッ、いやな奴が聞きゃァがったなァ。そんなこと言うんじゃねえぞ」

与「うん、言わねえよ」

丁「言うな。いいか？」

与「うん、言わねえや」

与「おじさあーん」

豆腐屋「あいよ。与太さんか。なんだい？」

与「あの、これへね、卯《う》の花《はな》ァ（おから）おくれよ」

豆「あいよ。よくお使いするなァ」

与「うん、あたいね、しじゅう、お使い、忙しいときにしてんだ」

豆「偉いなァどうも」
与「ねェ、おじさん」
豆「うん」
与「横丁の豆腐屋の嬶ァ、間男してやんだい」
豆「……横丁の豆腐屋って俺ンとこじゃないか？」
与「ああ、おじさんとこだァ」
豆「おい、冗談じゃないよ。間男ッて相手は誰だい？」
与「相手は建具屋の半さんだってサ」
豆「建具屋の半公⁉ そう言やァちょいちょいくると思ったよ。そうかい、よく教えてくれた。ありがとう、う−ん。どうもありがとうよ、う−ん」
与「まァ、よそへ行って喋っちゃいけないよ」
そういうような面白いことがずいぶん、この三角関係の話にはあるもんでございますな。で、この間男というものは、川柳にもあるように、
間男は亭主のほうが先へ惚れ
ということになります。ああ、あの人間は感心だ、ありゃァ偉いとか言ってあんまり賞《ほ》めてえと、そのおかみさんがひょいと浮気をすることになるんですナ。

えー、小間物屋の新吉てえなァ、年ごろ二十二、三になる、そりゃァいい男で……。その時分は、そういうような若い男が、女相手のとこへ行ったりしたもんですナ、半衿《はんえり》ですとか小間物を背負《しょ》ッて。

手紙が来たから新吉がひょいッと見るてえと、向こう（お得意先のこと）の奥さんから来たもので……。

「今夜旦那が帰《かい》らないんで、あたし寂しいから遊びに来てくださいって……。弱ったねェ、えェ、変な手紙が来ちゃったなァ。今夜《あす》旦那が帰らないんで、寂しいから来てくれッて言われても、行けねえやナ、ウン。あそこの旦那にはたいへん世話ンなってんだから、よそう。行かれないよ、行かれないよねェ。でも行かねえとまた奥さん失敗《しくじ》っちゃうからなァ。奥さんにもずいぶんひいきになってんだから、こりゃ弱っちゃったなァどうも……。

行くのもいやだしなァ、奥さん怒らしちゃってもいかないしなァ。あそこの奥さん見てみねえ、色っぽい、いい女だからなァ、もしものことがあったら大変だ。そんなことないけど、行って喋ってるところィ、旦那でも帰《かい》ってこられた日にゃァなァ……。でも行かねえというと、旦那に何か悪く言われると、こっちが失敗《しくじ》っちゃうから、弱ったねェこりゃ……」

行きたいような行きたくないような、なんだかこう変てこになってきちゃった。浴衣ァ着て湯に入《へえ》ってるような心持ちがして、気持ちが悪くってたまらない……。どうしようかと思うてえと、こりゃァ人情てえやつで、行くほうへどうしてもいくらか傾いて行きます。

内儀「どうしたの？　お前《まい》さん、お酒を飲んでいながらびくびくしていてサ」
新吉「だけど今夜ァ……」
内「だからサ、明後日《あさって》でなきゃ帰《かい》ッてこないんだよ、旦那がね、ウン。寂しいしサ、あたし、だいたいがお前さん好きなんだよ。今夜泊まってってよ」
新「でも旦那でも帰って」
内「帰ってこないんだから泊まってっておくれよ。ねェ、後生《ごしょう》お願いだからサ。ねェ、いいだろ？　新さん……それともあたし嫌いかい？」
新「嫌いじゃないけども、旦那が……」
内「帰らないんだからいいじゃないかね。ねェ、ええ？　お前さんがどうしてもいやだって帰るんなら、そりゃ帰ったってかまわないよ。かまわないけども、あたしだってお前さんにこんなことを言い出して、お前さんに帰られちゃった日にゃ、あたしの立場がなくなっちゃうからね、お前さんが帰っちまったあとへ旦那が帰って来たら、旦那の留守に新さんが来てどうしても泊めてくれって動《いご》かなかったと、そう言うよ」

新「どうしよう？　弱っちゃうねェどうも。のっぴきならなくなっちゃった。……ほんとに旦那帰りませんか？」

内「帰らないんだよォ」

寝間着に着替えた新公は、床をのべてもらって寝た。

新吉という若い男を寝かしておいて奥さんは、着ている羽織を脱いで、着物を脱いで、長襦袢ひとつになって、伊達巻《だてまき》をきゅッと締め直して、鏡台の前に行くと、鼻の頭をポンポンとたたいて、お髪《ぐし》を掻き上げて、勝手へ行って戸締まりをして、口をゆすいで、明《あか》りをパッと消して、
内「新さーん」

と入ってきた。……こういうとこは志ん生《あたし》ァあんまり演《や》りたくないんだ。ここはいくらか貰うとこだよ……。

「新さーん」

と入ってきてパッとかじり付いた途端に、ドンドンドンドンドンドーン――。

亭主「おいッ、開《あ》けろッ」
内「あッ、ちょいとォ、旦那さん帰《かい》って来たよ」
新「へえッ、ど、どうする？」
内「どうするったって、旦那さん帰《かい》って来ンと言ったのに、なんで帰って来たんでしょ？　あァあァ」
新「ど、どうしましょう？」
内「あわてちゃいけない。逃げるんだよ」
新「逃げる？」
内「そ、そっちィ行くんじゃないよ。そこを開《あ》けたら戸棚《とだな》だよ。馬鹿ッ、間抜けッ。こっちィ行くン……膝《ひざ》へのぼるんじゃないよ、馬鹿ッ」
あわてちゃって、着物を急いで着た新公は、下駄ァ裏へ回して、裏からパッと逃げ出した。新公、夢中で駈けて自分の家《うち》へ帰《かい》って来た。
新「ああ、よかった。だから、俺はいやだっていうんだよォ。帰《けえ》って来ねえ帰って来ねえって、やっぱり帰って来たじゃねえか、ほんとに。ああァ、なァよかったけどもサ、冗談じゃねえや、ほんとに。旦那にいろいろお世話になって……ああ、大丈夫だ。

まァうまい具合に逃げて来ちゃったからいいようなもんのサ……おやッ？　あッ、床の間ィ紙入れェ忘れて来ちゃった。あの紙入れの中にゃ、奥さんから来た手紙が入ってるんだ。今夜、旦那が帰らないっていう手紙を入れといた。あの紙入れは旦那が知ってるんだよ。弱っちゃったねェこりゃ。どうしようかなァ……どっかへ逃げちゃおうかしら？　どこへ逃げようか。パーッてんで駈け出したって、行くとかァねえんだ。弱ったねェ。……だけどわかったってわけじゃねえんだからなァ。わかったってわけでねえのに、俺が逃げちゃっても駄目だねェ。……明日《あした》の朝行ってみようかしら？」

亭「どうしたえ？　ええ？　早《はえ》えなァ、おめえ」

新「(小声で) 大丈夫かな？」

亭「何を？」

新「いえいえ……」

亭「まァ上がんねえ」

新「へえ」

亭「若《わけ》え人間にしちゃァ、おめえ朝早《はえ》えなァ、えェ朝起きは三文《さんもん》の得ってえが、商人《あきんど》が朝ぐずぐず寝てるようじゃ碌《ろく》なこっちゃァねえからなァ、ウン。だから俺ァみんなにそう言ってるんだよ。なァ、新公を見ろってンだ。朝早く得意まわりをするとか、ああなァ、こういうことしてる奴でなきゃ駄目だよ。俺はよくそう言ってやるんだ、ああなんなきゃァ駄目だって。ほんとうだよ。

俺は別におめえをひいきにするんじゃねえが、おめえほど、なんだ、商売熱心なのァねえや。ああ、茶ァ飲みねえ」

新「……」

亭「なんでえ、いやにぼんやりしてるじゃァねえか、ええ？　なんか心配なことでもあるのかい？」

新「ええ、少しあるんですけども……」

亭「どうしたんだい？」

新「……弱っちゃったんですよ」

亭「弱っちゃったって何だい？　ええ、使《つけ》えこみか？　使えこみぐれえなら、いいじゃねえの、俺がなんとかしてやらァナ。……でも、あんまり使えこむような人間じゃねえがなァ。そうじゃねえのか、新公……」

新「へえ」

亭「じゃァ、女一件か？」
新「そうなんですよ……」
亭「いいじゃねえか。若い人間だァな、おめえなんざそっぽ（様子）がいいんだもの、どこへ行ったって女にチヤホヤされらァな、ええ？ 相手は堅気か商売人《しょうべえにん》か、ええ？」
新「……」
亭「いいじゃねえか。そんなことぐらいならいいじゃねえか。俺が話をつけてやるよ」
新「それが、そのォ……」
亭「なんでえ、相手は何もンだよ、ええ？ こいつ、いやに黙ってやァがって、てめえ、主《ぬし》あるもンじゃァねえのか？」
新「そうなんです……」
亭「そうだァ？ 馬鹿ッ、なんだい、ほんとに。いい若《わけ》ェもんがそんなくだらないことをして、ええ？ いちばんいけないこったぞ。しようがねえじゃァねえかほんとに。馬鹿だなァほんとに。相手の女にあくが出やがってどうするんだい、そんなことをして、なァ。

〽他人《ひと》の女房と枯木の枝は、登り詰めたら命がけ……ッてえ都々逸があるんだ、なァ、いいかげんにしゃァがれッ本当に。……で、ナニか、わかったのか？」
新「……わかったでしょうかね？」
亭「なに言ってやァがんだ。おめえに聞いてんだよォ。どうしたんだい？」
新「あたしのいちばんお世話になってるお得意なんですがね」
亭「ふん、ふん……」
新「旦那にゃ、馬鹿にひいきになってんですよ」
亭「おめえはどこへ行ったって、可愛がられらァ。で、どうしたんだい？」
新「その奥さんもひいきにしてくれてんで……。で、急にあたしンとこへ手紙が来て、その手紙に旦那は二、三ン日《ち》帰らないから泊まりに来てくれって、こう言って来たんですよ……」
亭「ふうーん。で、おめえ、どうした？」
新「行くまいと思ったんですけどもねェ、行かないと奥さん失敗《しくじ》っちゃうんですよ。だからまァ行ったんですよ」
亭「おめえがかい？」
新「ええ……」

亭「で、どうしたんだい？」
新「で、まァお酒ェ飲んだりなんかしてるうちに、遅いから泊まって行けって言うんですよ、へえ。あたしがいやだって言ったら、じゃァ旦那に、留守のとこへ来て、泊まってゆくって動《いご》かねえって言うっていうんで、のっぴきならなくなっちゃったんですよ」
亭「いいとこだなア。で、どうしたい？」
新「じゃァっていうんで泊まるようなことになったんで」
亭「ふゥーん」
新「で、まァ床ォのべてもらって、あたしが先ィ寝たんですよ」
亭「ふーん」
新「そこィ、奥さんが、長襦袢一枚の姿で入って来たんです」
亭「なんかおごれ、こン畜生め。いいことしやがって、うふ、畜生。どうしようこりゃ、いけねえなァ、そうなるってなァ。で、どうした？」
新「寝る途端に、旦那が帰って来たんです」
亭「ほッ、帰って来た？　……悪《わり》いとこへ帰《けえ》って来やがったなァ、ええ？　間抜けじゃねえか。で、どうしたい？」

新「驚いてしまいましてねえ、裏から逃がしてもらったんですよ」
亭「裏から……」
新「へえ。うまい具合に裏から逃げたんですよ」
亭「あァ、よかったなァ。もう行くなァもうよせよそんなこたァ、なァ?」
新「(弱々しく)へえ、でもいけないんです」
亭「なんで?」
新「駄目なんです」
亭「だって情を移さなきゃァいいじゃねえか」
新「……紙入れを、床の間へ忘れて来ちゃったんです……」
亭「そんなもなァ〝あたしンじゃねえッ〟て言やァいいんだよ」
新「いえ、それ、駄目なんです。奥さんから来た手紙が、紙入れへ入ってるんです」
亭「バカだな、そんな手紙を、てめえ紙入れへ入れて、持ってるやつがあるかよォ。そういうもンは、すぐ燃しちゃわなきゃいけねえんだ、ほんとに。お札《ふだ》じゃあるめえし、後生大事に、そんなものを持ってやァがるからいけねえんだ、なァ! その紙入れを知ってんのかい? ふうん、紙入れに手紙を……まずいなァ。そりゃまずいなァ、そりゃァなァ。

（うしろの女房に）……ええ？　ウン、新公がナ、来たんだよ、ああ」

内「おはよう。どうしたの？　たいへん心配そうな……」

亭「心配《しんぺい》なんだよ、おめえ、うーん。お得意の、おめえ、かみさんかなんかにナ、ちょいと遊《あす》ばれやがったんだなァ、ウン。おやじが三日ばかり帰《けえ》らねえってンで、奴が行ったら、泊まって行ってくれって、お約束だァな、ウン。帰《けえ》るわけにいかねえんだ。で、まァ泊まることになったんだ。するてえと、おめえ、寝る途端に、おやじが帰《けえ》って来やがったんだ。ほんとにひっぱたいてやりてえくらいだ。

そいで、おめえ、びっくらしてサ、ようやっと裏から逃がしてもらったんだが、紙入れをさ、床の間へ忘れてきちゃったらしいんだ。紙入れには、おめえ、奥さんから来た手紙が入ってるんだってサ。まずいじゃないか、おめえ」

内「そうォ。やっぱし新さんなんざ様子がいいから、そんなことになるのよォ……」

亭「そんなこと言ってる場合じゃねえよ、おめえ。本人の身になってみねえな、おめえ、ええ？　かわいそうじゃねえかよォ」

内「浮気をするからですよ。くせになるからいいじゃァない」

亭「おめえ、そんなこと……おめえ薄情だねェ。おめえ、当人の身になってみなよォ、ええ？　奥さんからの手紙が入ってるんだぜ」

内「そりゃァねェ、心配は心配だけどもサ、旦那の考えてるのと、また女は女で考えようが違うわよ、ねェ。まァ、旦那のお留守に、若い人でも引っ張りこんで、浮気でもしようっていう奥さんだから、いろンなこと考えてるだろうとあたしは思うの、ねェ。旦那が来たなと思って、新さんなら新さんを、その人が逃がしちゃって、すぐ旦那を家《うち》ィ入れやしないだろうとあたしは思うの。

あの人、なんか忘れて行きゃしないかなと思って、ほうぼうを見るだろ。見ると床の間に新さんの紙入れが置いてあるじゃないか。あら、こりゃあの人ンだ。じゃあの人が来たときに、旦那にわからないように、内緒であの人に渡してやろうと思って、その奥さんが紙入れを……(と自分の胸を叩いて新吉にそれとなく知らせて)紙入れを持ってはいないかしら？　ねェ、旦那ッ」

亭「あ、そうだ、持ってらァそらァ、ウン。心配《しんぺい》するな、持ってるよそりゃァ、ああ。それをまた見たところで間男でもされるような野郎だもの、そこまでは気がつくもんか」

羽衣《はごろも》の松《まつ》

大病（昭和三十六年十二月に脳出血で倒れ、一時重態となったが、入院三カ月で退院）の後のあいさつを、さりげなく枕でふっている。客席のあたたかい拍手にこたえて、名人円喬ゆずりの珍しい軽い艶笑ものを演《や》った記念の一席。志ん生レパートリーの中でも珍品。


えー、長らく、起きられなくって、何しろひと月ばかり、まァ、世の中のことも知らないというようなことになって、そいで、あっちのほうへ行きかけたんですけれども、地獄の入《はい》り口でことわられて、

「もう少し、おまえしゃべったら、どうだ」

なんていわれたんでね、またこっちへ帰って来た。しようがないですね。

だから、もう自分じゃァ、「もういけないんだな」と思ったときに、さんざんすることもしたし、もうなンにも思うことさらさらないという考えで、「これで参っちゃァ、もう借金やなんか払わずにすむし、しめたな」と思ってな、いい心持ちになって、あっちへ行こうと思った。

えー、ああいうところへ行くときは、何だか気持ちがいいですな、ものォ忘れちゃうんだからね。そりゃァ、こうなってみるってえと、やっぱし、お客さんのご機嫌を伺いたくなってくるんで……。

えー、きょうは二日という大変初春《はる》のおめでたい日で、えー、『羽衣の松』というめでたい落語《はなし》を申しあげますが……。

何しろ、殿方《とのがた》の一番愛するものはてえと、ご婦人でございまして、女の子というものは、何事にも色っぽいもんで、えー、女のうちでも、本当の美人てえものは、大変なものですな。ほんとうの美人は、顔《かお》のまン中に鼻《はな》があるというくらいのもので……。

えー、めったにまン中にはないそうで、いくらか寄ってるそうですが、まず、顔のまン中に鼻のある美人はてえと、唐土《もろこし》で楊貴妃《ようきひ》、わが朝では小野小町。この小町てえ女ァ、美人だったそうですな。あなたがたにひと目、見せたかった。あたしも見なかったけれども……。

その、美人の総取締りのいい女《の》はってえと、天人だそうで、この天人というものは、ほんとうの美人だそうですな。その天人が一度、この下界へおりたことがある。

東海道の三保《みほ》というところへ、そこへ天人がおりた。あんまり眺《なが》めがいいんで……。あたしもいっぺんあそこへ行きましたがねえ、なるほど、こりゃァ天人がおりるなァと思いましたよ。そりゃァ、いいところでねえ。

「あたし、すこォし、休んでゆくわ」

てなことをいって、着てる羽衣をわきの松へ掛ける。その松が羽衣の松という……。

その羽衣を掛けといて、天《てん》ちゃんが、え、海の中へ、こう深いところへ入っている。その足なんていうもの、実に透《す》きとおるような、きれいな足ですな、ウン。

そのおみあしも、小さい、いい形《かた》だ。中には随分大きなおみあしがありますね。十三文甲高幅広《はばひろ》で、踵《かかと》出ッ張りの鍬足《くわあし》なんてンで足袋屋の親父が、モノサシを持って、この足を見て、二時間半うなりがとまらねえてんで、

「おまえさんのおみあしは、足袋が一反《たん》で二足片っぽしか取れません」

なんてえなァいけません。はァ、もう、絶世の美人ですな。

するってえと、そこを通ったのが、漁師で伯良《はくりよう》という男。こいつが、呑む、打つ、買うの三道楽。そのうちでも女が好きで、酒が好きで、そいで、へベレケになって、ここを通るってえと、フワーッという嗅《か》いだことのないいい匂《にお》いがするから、ヒョイと見るってえと、松へ羽衣が掛ってた。そいつをおろしてみて、
伯良「なんだい、こりゃァ。ええ、やわらけえ、いい品物だねえ。これならいっぱい呑めらァ」
てンで、こいつを抱えて行こうとする。
そのあとから、追って参りまして、
天女「(おごそかに)のうのう、それに持ち去られるは、天人の所持なす羽衣と申すものなり。みだりに下界の人の持つものにあらず。われに返したまえ」
といって、金鈴《きんれい》を振《ふ》うような声を出した。こっちは酔ってるから、
伯「なにをいやがんでえ、こんちくしょうめ。なんだァ? 下界の人の持つもンじゃねえ? しゃれたことをいやァがンねえ。こんちくしょう。おらァ、こいつをひろったんだ。
ひろやァ、俺のもんだ、なにをいやァがンでえ。え、グズグズいうない。まごまごしゃァがるってえと、こんなもの、引ッちゃぶいて、海へ叩っ込んじゃうぞ、コンち

くしょう」

傍若無人なふるまいに、いまはさながら天人も、衣を取られた羽抜け鳥《どり》、飛行の道も絶え果てて、昇らんとすれど翼なく、地にまた住めば下界なる、人の汚《けが》れを受けねばならぬ。こらどうしたらよかろうと、げに天人の憂えるときは、玉《たま》の冠《かむり》も仕舞《しも》うとやら、錦の扱《しご》きしどけなく、ただぼんやりと天人が、涙を浮かべて下を向いている、その風情《ふぜい》、実に海棠《かいどう》の露に濡れたるありさま……。ときに、ピューッと吹いて来たる一陣《じん》の風に、天人の裾《すそ》がゆれると、春の若葉が見えにけり……って、大層なとこですなァ、ここは……。

大変ですよ、天人のこの裾《すそ》が、パッとゆれて、このジカに肌が見えたんですからね、これを見た伯良は、とってもおどろいて、ブルブルとふるえて、そのふるえが三年三月《みつき》とまらなかった。

伯「はァ、これが世にいう天人というのか、きれいだなァ。俺も男と生れた以上は、こういう女ァ女房にしたいもんだ。ええ、三日でもいいや。

どうだ、おい、俺と夫婦になってくれやい、三日でもいいから、可愛がるよ、おい……」

天「われに、その衣を返したまえ」

伯「ダメだい。これ返しゃァ、おめえ、どっかへ、飛んでっちまうだろう？　だから、返さないの。三日でも、一緒ンなったら、おめえに返そうじゃないか。

ねえーッ、家ィ帰ろうや、俺ンとこへよう」

天「その衣、なきうえは、ここを片ときも動《いご》けません。衣返せば何事も、その意に従います」

伯「大丈夫かい、おい？」

天「八百万《やおよろず》の神に誓っても、かならずウソは申しません」

伯「そうかァ、おい。いいよ、そんなら、おめえを、こうおさえてるよ。え、いいかい？　俺ァうしろから、衣をかけてやるから」

といって、天人のうしろへ、ヒョイと回るてえと、この襟筋《えりすじ》のいいなンてえなァ、もうなんですなァ。コンクールだって、こりゃァ一等ですよ、こりゃァねえ。

フラフラッとして、傍《そば》へこォ寄ってゆくてえと、お乳《ちち》のいいなんてえなァ、野辺の雪をあざむくばかりですからなァ。この、この色の白いなんてえなァ、透《す》きとおって、ええ、お乳だって小さくって、ふくらみがあってねえ、そばまんじゅうに隠元豆《いんげん》がのっかっているようで、いいねえ。

中には、お乳でも、ずいぶん大きいのがありますなァ。え、南京袋にどんぐりがく

っついているようなのがある。子供が泣いたりすると、

「坊や、泣くんじゃない。オッパイおあがりィ」

テンで、オッパイかついだりなんかして……。

ヒョイとうしろへ廻って、それを掛けるてえと、吹いて来た風とともに、天人の姿は空中高くヒラヒラヒラヒラヒラ……と舞い上がったから、おどろいた伯良が、

伯「おい、天人さん、いまいったことは、どうしたんだい？」

ったら、天人が雲の間から、顔を出して、

天「ありゃ、みんな、空《そら》ッことだい」

城木屋《しろきや》

人情ばなし『白子屋政談《しらこやせいだん》』と、初代三笑亭可楽の「三題ばなし」が原型という古典。枕でサゲの説明をしているのは珍しい。滑稽味とともに時代小説めいた楽しさがある。終盤の「豆づくし」のところと「道中付け」は聞きどころ。声を出して読むと興趣が湧く。


えー、〝三題ばなし〟というものがございます。

これは、昔、初代の三笑亭可楽てえ名人が、お客さまから題をいただいて、即席で一席のはなしにまとめたというのがはじまりだそうで、

「えー、何か、お題をいただきとうございます」

と言うと、客のほうから〝名奉行〟という題がでました。それから、〝壺屋《つぼ》の煙草

入れ〟というのがでました。壺屋の煙草入れというのは、伊勢へお詣りに行くと、壺屋という店の煙草入れをおみやげに持って来たもので、壺ン中に「や」という字が書いてあります。

それから〝看板娘〟という題がでた。

これで三題で……。

えー、それにサゲ（落ち）は、東海道五十三次の中、只今の静岡というところ……あそこは昔〝府中〟と申しまして、東海道筋では実に繁華なとこでございます。これがはなしのオチになっております。はなしのオチを先に申しあげるのは、このはなしばかりでございます。

まず、名奉行と申しますと大岡越前守。評判娘と言うと、日本橋新材木町の城木屋《しろき》の娘でお駒さん……。

このお駒さんてえ人は、評判娘だけあって、そりゃァ実に綺麗《きれい》。もう言うところがありません。年ァ十八で、一人娘。店に番頭の丈八《じょうはち》ってえのがおります。これがまた実に醜男《ぶおとこ》で、背《せい》丈はスラッと低くって、色ァまッ黒けで、鼻筋ァ奥のほうへ通っている。顔のうら表がわからないという大変な醜男で、この丈八、四十二になって、はじめてお駒を見て色気がついた。ずいぶんおそく色気がついたんですナ。

四十から色気がついたのと、暮れ方から雨が降ったのはやまないなんてことを申しますから、丈八ァ帳場格子の中で考えている。

丈八「あー、お駒さんはいい女だな。どうせここの家は婿《むこ》が来るんだよ。婿はだれだってえと、まずこの丈八だ。ねえ、商売馴れた番頭を婿に直すってことは、よくあるこった。きまってるよ、ウン。でもね、こういうこたァ、黙ってちゃァ損だから、手紙を書こう……」

てンで、想《おも》いのたけをこまごまと書いて、お駒の袂《たもと》へソーッと入れました。ところで、お駒さんは知って知らないふり、その手紙がおっ母さんの手に渡ります。

内儀「定吉《さだきち》、定吉や」

定吉「へえ」

内「番頭さんは、どこにおります?」

定「えー、番頭さん、二階で水ゥ浴びてます」

内「あら、何で二階で、水浴びてるの?」

定「えー、なんでもネ、いま一生懸命顔を洗いまして、こう、合わせ鏡をしていたんですけどもネ、鏡が一つきゃないもんですから、金盥《かなだらい》へ水張ってネ、上へ鏡をやって、こうやって見てたんですけれどもネ、金盥の水が動いてネ、顔がよく見えないてんでネ、こんどはネ、鏡を下へやって、金盥を上へやったからネ、頭から水ゥ浴びちゃった」
内「しょうがないねえ、あのネ、番頭さんに、ちょいとそいっといで」

定「へえ……」

内「あたしが用があるから、すみませんが離れまで来ていただきたいって……。いいかい、人中では、ちょいとはなしができないことがありますからって、そう言うんだよ」

定「へェい。

　えー、番頭《ばんと》さん」

丈八「(ひとりごとで) ヘッヘッヘ……、なァ、ここの家に養子になるとなると、お駒とさし向かいでご飯がたべられるよ。〝八寸を四寸ずつ喰う仲のよさ〟テンで、お駒が向こうへ坐って、俺がこっちへ坐って、俺がこっちでお駒が向こう。お駒向こうで俺こっちだ。

　〝あなたァ、ご飯たべましょう〟なんてやがらァ。まンまがたべたい、めしが喰いてえ、うふふッ……」

定「番頭さん、番頭さん……」

丈「(まだ気がつかず)てへへ……、ありがてえな、どうも……」

定「何がありがてえだ。(大きく)番頭さん、番頭さんッ」

丈「おう、だれだ？　定公じゃァねえか。何で肩なんぞ叩くんだ」

定「肩でも叩かなきゃァ、気がつかない。

えー、おかみさんが、用事があるから、離れで待ってますって……。何でも人中ではなしのできないことがあるそうです」

丈「じゃァ、すぐ行きますと言いな。(ひとりごと)なんだろうな、おかみさんが、人中ではなしができないてえのは……。そうだ、この頃おれが少し身綺麗《みぎれい》になってきたんで、ねえ、おかみさんも、旦那に三年前に死なれて、いまァひとり者だ。棚のぼたもちじゃァないが、俺にござってきたな。なまじっかな男では、世間体もあるし、そこへ行くと、長年つとめた番頭なら手ごろだろうてンで、うッふッふ……。

しかし、こらァ困るね。お駒が先ン口《せくち》なんだからな、ウン。だけど、ねえ、おかみさんがそう言うんだから、まァ、それもいいだろう。行って早いとこ、ひとつはなしをつけちゃおう。

えー、お呼びでございますか？」

内「はー、お忙しいところ、まことに相すみませんが、人中ではなしのできないことがありますンで、あなたにここへ来ていただいたんで……」

丈「へえ、へえ、へえ、そりゃァわかっております。あなたはお店のご主人で、あたしは番頭で、吹けばとぶような者でございますからな。そういうことはどうにもいけないことではございますが、そこは恋に上下のへだてはない、なんてえことを申しますからな……」

内「なにを言ってるんです、あなたは？　なにを勘違いしてンです？　そんなことじゃァないんですよッ。さっき、娘の着物をたたんでいたら、こんな手紙がでて参りました。こりゃァ何でしょうね？　〝恋しきお駒さま参る。こがるる丈八より〟なンて……。中をいま読みましたが、いやらしいことが書いてあります。これはあなたが、こんなことを書いたんじゃないとは、わたしは思いますよ。だれかのいたずらでしょうけど、あなたはこのお支配をしている人、こういうことがあると、城木屋ののれんに傷がつくようなことがあるといけませんから、ね、二度とこういうことのないように、気をつけてくださいね」

丈「へえーッ」

さすがの丈八も、気まりがわるくなって、下ァ向いたまンま、うしろへ下がって行くと、縁側の障子があいてたんで、縁側から落っこちて、とび石で頭ァぶっつけて、大きなコブをこしらえて、店へ逃げて来た。

こうなると、もう店には居られないてンで、店の金五十両を持って、いずことなく逐電《ちくでん》をいたします。

金のあるうちは遊んでいたが、やがてもとの木阿弥《もくあみ》になって一文なし。どうも城木屋のことが気になるんで、それとなく聞いてみるてえと、お駒のところへ婿が来るってンで、

丈「えー、いまいましいな。あれまでにしたものを、人手に渡したんじゃァ、この丈八の面が立たねえ。今夜忍び込んで、お駒を殺せば、お駒は婿を嫌って、俺と心中したと、世間にも浮名が立つだろう。ようし……」

てンで、ひどい野郎があるもので、夜に入ると、どこかで買い込んだ一刀を腰にして、勝手知ったる城木屋の、お駒の部屋へと忍び込みます。差してるやつをそーッと抜く。抜けば玉散る氷の刃《やいば》って行きたいが、安いのを値切って買ったもんで、抜けばサビ散る赤いわしてンで、なかなか抜けない。ガサガサガサって、ずいぶん騒々しい刀を買って来やがった。

お駒はすやすやと寝ております。友禅の布団の、衿《えり》のところに黒天鵞絨《ビロード》がかかっている。黒いところから白い顔が出てるんですから、よけい引き立ちます。美人の寝顔てえなァいいもんですなァ。

丈「あー、いい女だなァ。こんないい女を殺しちゃうの、惜しいな。ちょいと起こして聞いてみようかしら？

〃丈八さん、おまえと一緒に逃げるわァ〃ったら、連れて逃げちゃえばいい。〃いやよッ〃ったら、殺しちゃう。

お駒さん、ちょいと、相談があるんだよ。ねえ、ちょいと起きとくれ。ねえ、お駒さーン」

刀でもって、頰《ほ》っぺたァピタッと叩いた。冷たいものが顔に来たんでネ、何だろうとお駒さんが、ヒョイと目をあけてみると、大の男が刀を持って突っ立っている。おどろいたのなンの、

駒「泥棒ッ、人殺しいッ！」

と、言われて、

丈「南無三、しまった。かわいさあまって憎さが百倍。えーい、やァーッ！」

と、突っ通すと、度胸がすわってないから、肩とまくらの間へ突っ込みやァがった。

布団から畳から、根太板まで突ッ通した。

丈「やァ、ちくしょう！　うーん、こら抜けねえや。下で引ッ張ってンじゃねえのかな」

だれが引っ張るやつがあるもんですか。

「泥棒だッ」

「泥棒、泥棒ッ！」

てンで、捕まっちゃァ大変。丈八ァ、そのまンま逃げ出した。

えらい騒ぎで……。

調べて見ますと、刀がひと振りに、壺屋の煙草入れが落ちております。狼の上顎《うわあご》の根付がついているのは、これはふだん丈八が所持している品であることがわかりましたので、「お恐れながら」と、南町奉行大岡越前守さまのところへ願って出ます。丈八は召し捕りに相成ります。

いよいよ大岡さまのお調べで、
越前守「あー、日本橋新材木町、材木屋渡世城木屋、後家つね、ならびに娘駒、町役《ちようやく》人《にん》、五人組一同の者、揃いおるかッ」

一同「へへえーッ」
越「苦しゅうない、面《おもて》をあげろ」
ひょいとお駒の顔を見ると、実にどうも美人ですな。〃あー、いい女だなァ、これでは採めごとができるのも、無理はないな〃と、お奉行が思って、
越「これ、丈八、面をあげろッ！」
丈「へへーッ」
丈八の顔を見ると、こりゃァひどい顔だ。〃この面でもって評判娘を口説いたのか。世の中にはずいぶん図々しい奴があるものだ〃と、思う。
越「あー、こりゃ、そのほうは、主人の金を持って逐電を致し、あまつさえ、その主人を殺害致さんと、凶器を持って侵入致したな。実に不届き至極なやつじゃ。このたびの事件《もの》の始まりがあろう。娘駒と、そのほうのなれそめを申せ、どうじゃ」
丈「へえーッ。（芝居がかりで）日も永々《ながなが》と春のころ……」
越「妙な声を出すな。いかが致した？」
丈「へえ、十返舎一九（江戸後期の滑稽本作者。駿府の生まれ。一七六五―一八三一）の、弥次郎兵衛、喜多八の出て参ります『東海道中膝栗毛』の絵を見ておりますと、お駒さ

んが参りまして、〝これはなんじゃ〟のおたずねゆえ、〝これは岡部の宿で、巡礼のところへ、夜這いにゆくところでございます〟と申しますと、〝夜這いとは、何のことじゃエ〟ときかれます。〝ご存知ないならば、いまここでは申しあげられぬが、いずれ今宵お教え申しましょう〟とそれをかこつけに、豆泥棒（夜這い）に参りまして……」

越「豆泥棒とは、なんじゃ？」

丈「へえ、お駒さんは素人娘ゆえ白豆でございます。素人から玄人《くろうと》になりかけがまじり豆、商売人は黒豆でございます。十二、三歳の小娘ならお洒落《しゃれ》豆、十五、六の娘がはじけ豆で、大年増はなた豆、天人はそら豆……」

越「これこれ、控えろッ！　そのほうが駒のもとに送った艶書の末に認《したた》めてある、〝娘御を駿河細工と思えども、籠の鳥にて手出しならねば〟とあるのは、狂歌ともつかず、地口《じぐち》か口合《くちあい》か、覚えがあろう」

丈「はーッ、恐れ入ります。そういう証拠が出ましたうえは、包みかくしはいたしません。申しあげます……」

越「うむ」

丈「もとの起こりが膝栗毛、もうとう海道（東海道）から思いつめ、鼻の下も日本橋、かのお駒さんの色、品川に迷いまして、川さき（川崎）ざきの評判にも、あんないい女を神奈川《かんながわ》に持ったなら、さぞ程もよし保土ヶ谷と、戸塚まえて口説いてもかぶりを横に藤沢の、平塚の間も忘れかね、そのうち大いそ（大磯）いそと、お駒さんに婿相談ゆえ、どうか小田原になればよいと、箱根の山ほど夢にも三島、お駒のためならたとえ沼津喰わずにおりましても、原は吉原、あー、いまいましいと蒲原立てても、口には言い（由井）かね、寝つ興津、江尻もじりとしておりました」

越「そのほう、東海道を巨細《こさい》にわきまえおるが、して生まれはどこじゃ？」

丈「駿河のご城下で……」

越「うむ、ここな府中（不忠）ものめ！」

自殺をあつかった陰惨な内容なのに、すこしもじめじめしたところがない。本来は、上方ネタ。中盤、亀右衛門の首吊り死体を指でさぐりながら男だとわかるあたりは、演じようによっては、いやらしい〝艶笑もの〟になるが、志ん生は〝見せる演技〟はさけていた。

昔はてえと、どこにも親方とか、親分だとか呼ばれてナ、人のことをいろいろと面倒を見る人があったものでございまして、

亀右衛門「そいでなにかい、おまえたちは、え、夜逃げするんで、ここに暇乞《いとまご》いに来たんだな。一体どうしたんだい？」

漁師甲「それがだにィ、借《か》りがあるんだ二人とも……。それが返せねえんだよ、向こ

うじゃァ、しまいに、その金要《い》らねえてんだ。〃要らねえかわりに、二人とも髷《まげ》ェ切って、坊主にする〃ってんだ。漁師仲間で、おまえさん、坊主が二人出来た日にゃァ、きまりがわるくっていられねえからな、夜逃げすべえと思ってよォ」
亀「なぜ、それを、おれンとこへ、さきに言って来ないんだ。ウーン、おれをだれだと思うだよ。漁師仲間じゃァ、鰐鮫《わにざめ》の亀右衛門といったら、え、だれでも知ってるだァ。どういうわけで鰐鮫てンだって？　そりゃァ、何でも呑み込むから、鰐鮫というんだぞォ。
　なぜ、金が要るんだ？　いくら要るんだ？　え、そ言ったらよかんべえ。こういうわけで、とっつァまあ、二百両要るとか、三百両要るとかって、そう言ったらよかんべえ」
甲「五両なんだよ」
亀「五両？　たった五両かい？　なんでえ、五両ばかりで夜逃げするなんて……。だけど、いまおらァ、五両ねえけンどもなァ……」
甲「なきゃァ、しようがねえ」
亀「ねえけども、おらァ、何とか都合してやるから、少ゥし待ってろ」
甲「どこへ行くんだ？」

亀「これから、小松原《こまつばら》のおかんこ婆ァのとこへ行って、おらァ借りて来てやるだ」
甲「こんな遅くなって、年寄りを使ったんじゃァ……」
亀「いや、かまわねえ。ウン、待ってろ」
甲「だけど、とっつァま、天神《てんじん》の森を通らなきゃァなんねえぞ。あそこㇺとこはダメだ。わるい狐だの、狸だのが出るだから」
亀「出たっていいじゃねえか」
甲「こわくねえかい？」
亀「こわかァねえ。おらァ、生まれて、まだこわい思いなんぞしたこたァねえ。ウン、たったの一度ッかねえ」
甲「一度あるかえ？」
亀「ウン、うちの婆さんが、炊《た》いたメシがこわくってよォ、ウン、あれじゃァ胃をわるくしちゃうでなァ。じゃァ、一杯呑んで、待っててくンろ。
はァ、若いやつのするこたァ、しようのないもんだ。五両ばかりで、夜逃げするってやがる。これから小松原の、おかんこ婆ァのとこへ行って、五両……は、貸すかなァ？
この前《めえ》、三両貸せといったら、貸すの貸さねえのとぬかしやがる。借りられねえとなると、こんどはおれが帰《けえ》られねえことになっちまう。おれが、夜逃げしなくちゃァなんねえ。

何だって、こんなことを、おらァ引きうけたんだろうなァ。いくら鰐鮫だって、少し呑み込みそこなったかな、こりゃァ……。五両なきゃァ、しようがねえなァ……」

女「あのォ、もし、あの、もし……」

亀「何だい、モシモシって……。いくら、おれが亀右衛門だって、モシモシてえなァ……。

あー、何だねえ。天神の森の、こんなところに、若え女がいるわけァねえが……おめえ、キツネかタヌキだんべえ？」

女「そんなものではございません。あたくしは、この町の、池田屋と申します小間物屋の娘で、カメと申します」

亀「じゃァ、おれとおンなし名前だァ、そりゃァ……」

女「若気《わかげ》の至りで、ある男と、道ならないことをいたしまして、それが母親にわかりまして、その母親が本当の母親でないので、あたくしはもう、五月《いつつき》になります。どんなひどい目に遭《あ》うかわかりませんから、男と相談して、連れて逃げてもらおうかと思ってましたら、薄情にもその男は、あたしを置いて、どっか逃げてしまいました。もう死ぬよりしようがないと思いまして、書置き（遺書）を書いて、家の火鉢の傍《わき》へ置いてくるつもりだったんですが、その書置きを持って出て来ちゃったんです。まことにすみませんけれども、この書置きを、あたくしどもへとどけていただけないでしょうか？」
亀「ばかなことを言っちゃァいけねえやな。あんたが死ぬてえのを、おれがその書置きを持って、おまえッとこへ行けるかね、え？」
女「行っていただけないでしょうか。そのかわりに……ここに、あたくしが、持って出ましたお金が、十両ございますが、死ぬのに、もうお金は要りませんから、これを、あなたに差しあげます……。お届けくださいますか？」
亀「十両……。十両か？　待てよ、これからおかんこ婆ァのところへ行ったって、貸すか貸さねえかわかりゃァしねえ。家じゃ、おれの帰りを、二人待ってやがる……。ウン、じゃァ届けてやるから、金を出しなせえ。（受け取って）あァ、わかったよ、ウン。それから、これが書置きかい？　ウン、じゃァ、ちゃんと届けるから……」
女「それから、もうひとつお願いがございますが、あたくしはあんまり急いだんで、死ぬものを持って参りませんので……。身を投げようと思っても、ここは川も池《いけ》もないところでございますが、どうしたら死ねるでしょうか？」
亀「おれだって、死んだことァないからなァ……。ウン、あんた紐《ひぼ》を持ってるかい？紐……あァ、あるなら出しなせえ。しようがねえから、これで首吊《くびつ》りを……。なに、どうやってやる？　うん、おれがやって見せてあげよう。こう、ここに、幸い肥桶《こえたご》（肥を運ぶ桶）があるから、これを、こう伏せたやつをナ、ほら、この上にこう乗るだ」
女「そいで、どういたします？」
亀「この松の木へ、紐を、サッと、こう掛けてなァ、こう輪《わ》にしばってナ……。さ、これを、のどへ、こう当てがうんだ」
女「そいから、どうするんでございます？」
亀「これを蹴《け》るんだ。下の桶を……」
女「どっちへ、蹴るのでございます？」
亀「どっちだってかまわない。蹴る途端に、手を放せばいいんだ。なア、こう、パーッと蹴る途端に……」
てンで、手を放したんで、亀右衛門さんがぶる下《さが》っちゃった。

女「あのォ、モシ、あなた、あなたァ。……まァ、こわい顔をして……。あたし、死ぬのいやになっちゃった。あたし、どっかへ逃げようかしら？　でも、お金がないから……。あー、そうだ、いまこの人に渡した十両、あたし、もう一度持ってッちゃおう」

ひどいやつがあるもんで、亀右衛門さんの懐中《ふところ》から、書置きだけを置いて、十両持って、この女、どっかへ行っちまった。

甲「やーい」

乙「おう」

甲「いつまでも遅いでねえかい？」

乙「うん、少ゥし長すぎらァな。またあの婆ァ、貸すの貸さねえのと言ってるんじゃァねえか」

甲「うーん、ひとつ、行ってみるべえか」

乙「そうだなァ。じゃァ、婆さま、ちょっと見てくるからナ、ウン」

甲「(歩きながら）こう遅くなるてえと、いやだなァ」

乙「(歩きながら)あー、こんなにも夜が更けて、いやだいやだ。年寄りを使うてえのはよくないこンだけどよォ、亀右衛門さんは、自分から行かねえと、気のすまねえとっつぁんだからなァ……」
甲「やい、ここはもう、天神の森だァな」
乙「ウン、天神の森だが、どうしたい?」
甲「どうしたいって、おめえ、ここにゃァ、キツネだの、タヌキだのが出るてえじゃァねえか。のど笛へ喰らいつかれたら、どうする?」
乙「ウウ、そんなことを言うんじゃねえ。黙ってりゃァいい。キツネ、タヌキが出たって、おどろくもんでねえ。こっちは人間さまだァ、なんでえ、キツネやタヌキなんぞ……」
甲「こわくねえのかい?」
乙「宮本武蔵なんざ、おめえ、オオカミを退治すらァ」
甲「宮本武蔵だから、オオカミを退治するが、おれもおめえも、宮本武蔵じゃァねえもんな」
乙「そんなこと言うなってば……そんなことを言うなってンだよ……。(ふっと、何かにつかえたように立ちどまって)うわッ、おう、だれでえ? さ、行かねえか、早く行かねえかい」
甲「え、行かねえかって？　だれかいるのかい？」
乙「ウン、おれの前《めえ》に、人が立ってて、動《いご》かねえ……」
甲「動かなかったら、どいてもらったら、いいじゃァねえか」
乙「どいてもらえったたって、おっそろしく、背《せ》の高い人だ」
甲「(大きな声で)そこの、あんたァ、前へ立っててちゃァダメだよ。こんな狭《せめ》えところにつっ立っててちゃァ、邪魔でしょうがねえ。行くとか、どくとかしたら、よかんべえ。よォ、あんたァ……」
乙「返事しねえよ」
甲「どこの人だか知ンねえけど、どかせろ、どかせろ！」
乙「(押しながら)じゃァ、こっちィ、どいてもらおう……。ウン、素直《すなお》にどくにはどくんだが……、タハーッ、またもどって来ちゃったい」
甲「おれがやる！(押しながら)ネ、じゃァ、あんた、もっと向こうへ行って……。もっと向こうへ行って、(言葉に節がついて)向こうへ行って、向こうへ行って、向こうへ行って……と、なるほど、こんな素直な人ってないなァ。

おーっと、ダメだよ。またこっちへ、来ちゃった」

乙「かまわねえから、向こうへ、パーンと突きとばしてやれ」

甲「そうだな、弾《はず》みをつけて……と、こう、えーいッ！

(反動をうけて)うわーッ、痛《いて》え！　こいつ、蹴りゃァがった」

乙「蹴ったァ？　どけどけ、おれがやってやるから……。え、こんな狭えところ、どかねえで、グズグズしてやがって、なンで蹴りゃァがるんだ。どこの野郎だか、知ンねえけども……。

(押してみてから、足のところに、ソーッと手をやって)うーん、馬鹿野郎ォ、よく見ろやい。足が地《ち》ィ着いてねえぞ？」

甲「あー、そうけえ、首吊ってるだァ、そりゃァ。道理で、向こうへ突きとばすと、こっちィ帰って来て、蹴っとばしたわけだ」

乙「首吊るてえなァ、よくせきなことだナ、こりゃァ、男かい、女かい？」

甲「ウン、しらべてみよう。

(右手をだんだんと、上のほうへ持って行って、男の急所に触れた感じ。指先でごく軽くにぎって)

……オトコだぜ。(のび上がるようにして、仏さまの顔を見て)うわーッ、おい、亀右衛門さんだい。亀右衛門さんが、ぶる下がってるだ⁉」

乙「あッ、とっつァまだ！　亀右衛門さんだァ！　何で、こんなこと、しただァ？」
甲「おれたちの金ェ、算段《さんだん》に行って、出来ねえでな、そいで、おらたちにきまりがわるいてンで、こんなことになっちゃっただァ」
乙「だからよォ、とっつァんのとこへ、行くなって、言っただろう」
甲「行くなってたって、こうなっちまったんだ。しようがねえだ」
乙「どうする？」
甲「どうするって、おめえ、届けるところへ届けなけりゃダメじゃねえか。おらァ、これから、お役人ンところへ届けに行ってくるから、われ、ここでもって番してろ」
乙「おら、いやだい。おらァいやだ！　こんな寂《さみ》しいところでおめえ、一人で番してるなんざァ、おれ、いやだ」
甲「じゃァ、どうする？」
乙「おれが行ってくるから、おめえ、番してろ！」
甲「おれだって、いやだァな」
乙「どうするい？」
甲「しようがねえから、二人でもって、お役人のところへ、行くべえや」
乙「ウン……。でも、とっつァん、こうやっといて、大丈夫《でえじょうぶ》かい？」

甲「大丈夫だ、ウン」

乙「だれか、持ってきゃァしねえか」

甲「だれが、持ってくもんか」

　これから、ふたァりが、役人のところへ行って、この話をいたします。お役人は二人のあとへついて参ります。

役人「あー、どの辺であるな？」

甲「へえ、ここでございます……」

役「さようか。あー、ウン、いまから死骸《しがい》を改めてみて、死骸になにかあやしいことがあると、その方どもはちょっと帰れんが、よいか？

　あー、ご同役、ちょっと、改めてくれ。

　どうであったな？　ウン、異常はない？　そうか、よし、では、拙者がいま一度、改めてみよう。

　おー、異常はない……らしいな。む、何だ？　懐中《ふところ》から何か出て来た？　手紙だな？　これは、覚悟の自殺であるらしいな。

（ひろげて、読みながら）……『カメより……』か、ウム……あー、この者は、カメと申すのか？」
甲「へえ、さようでございます。亀と申します」
役「ウーン。『……一つ、書き残し候。御両親様に先立つ不孝も顧《かえり》みず……』か。御両親様に先立つ不孝……とあるが、あー、この者は、何歳だ？」
甲「えー、七十八歳でございます……」
役「なに、七十八？　あー、両親も、ずいぶんと長命であるなァ。ウン、七十八とはなァ……。して、その方たちの仲間か？」
甲「へえ、漁師仲間で、ございます」
役「ご両親さまに、先立つ不孝、かえりみず……と、なになに『……彼《か》の男《ひと》と、互いに深く言いかわし、人目をしのぶ仲となり……』か、こりゃァ、いやな爺《じじ》ィだなァ。『……ひと夜、ふた夜、三夜《みよ》となり、度《た》び重なればなさけなや。遂にお腹へ子を宿し……』なんだ、これは？　遂にお腹へ、子を宿し……とあるぞ。うーん、この者は、男子か女子か？」
甲「えー、漁師《りょうし》でございます」

百年目《ひやくねんめ》

春爛漫《らんまん》のころの上方の大物ネタとしておなじみだが、これは志ん生流の『百年目』。舞台も人物もすっかり東京風に消化されて、とくに終盤の大旦那が番頭に意見するあたりに、改訂が試みられている。「百年目」は進退に窮したときに「おしまい」の意味で遣う言葉。

えー、春先というものは一年のうちで、一番いいときで、寝心地はいいし、えー、ものを食べてもうまい。陽気がいいですからなァ。何をたべてもおいしい。もっとも買わなきゃならないけれど……。

そこへもってきて、この人間てえものは楽しみというものがありますな。以前はッてえと、えー、四季それぞれに楽しみのあったものでございます。ですからまず、二月はッてえと臥竜梅《がりょうばい》の梅を見に行こうという。三月は向島、上野へ桜を見に行こう。四月は亀戸《かめいど》の藤を見に行こう。五月は堀切の菖蒲《しょうぶ》がいいね……なンてね。六月ァ四つ目の牡丹を見よう。七月は萩寺へ行って、萩を見ようじゃないか。九月は菊がいいね……なんて具合になる。えー十月は、紅葉《もみじ》がいいじゃないかな……なンてなことになる。八月だけはその花がないから、八月は坊主（花札で、すすきに月の札を坊主という）を見よう……なンてなことになる。おかしいものですな。

花というものは、まず見るより騒ぐほうが多いもんでな、川柳にも〝銭湯で上野の花のうわさかな〟なンてのがございます。

甲「おう、花見行ったかい？」

乙「あー、行ったよ。どうもきょうはね、えらい人だったよ。まァ人だからいいけど、あれだけ犬が出た日にゃァ嚙み合って大変だろう」

甲「そんなにかい？」

乙「うーん、大変な人だな。そりゃァもう……」

甲「で、花はどうだい？」

乙「うーん、花は……見てねえ」

なンてね。なにしに行ったんだかわからないようなのがある。

〝春浮気〟と申しますから、花の時分になってきますと、人の心が、このなんとなく浮いてきましてな、どうも家にジッとしていることができなくなる。みんなこの出かけてまいりますのが向島。いまの向島と違って、従前の向島はてえと、えー、もっと、ずーっと土手になっておりましてな、その土手へもって桜がずーっと植わっておりました。枕橋《まくらばし》の角ンとこに八百松という料理屋があって、左ッかたが水戸さまのお屋敷で、向こう側が田圃《たんぼ》で、こっちが川で、その土手がまたまた長い土手でしてな。えー、そこへこの酔っぱらいが、その土手から落っこってな、そいで、泥だらけになって這い上がって行く。いろんな仮装の人が騒いでいるんだの、そりゃァえらいにぎわいでございます。そいつをこの、船の上から見ながら行く人がいる。

船にもいろいろございまして、えー、伝馬船《てんません》なぞの大きい船へ、一人いくらでもって、大勢つめて、そして臨時の花見船てェものがでます。ぜいたくな船はってえと、まず神田川の……柳橋あたりから出るこの屋根船というやつで、そいつをあつらえて出かけますな。この中で呑んで、芸者衆に爪弾《つまび》きかなんかで唄わせながら、え、大川へかかってくるということが、まず、ぜいたくの花見の代表のほうでございまして、どうもいろいろでございますな。

えー、そのころはッてえと、いまのようにこのォ世の中が、せわしくなく、ね、デパートというようなものなんぞもなかったンでございまして、呉服屋は呉服だけを商いをしていた。番頭が小僧を呼んだりなんかしているのは、ちょいとこのお客さまにはわかンないようなことを言っていましたな。上がって待っているてえと、
客「すいませんけれど、じゃァ、銘仙《めいせん》は」

番頭「(符丁まじりの不明瞭な言葉で)あー……ボドウ…ウワーイ…、持っといでよう……ウアッ」

なんてなことをいうと、小僧が、

「ハァーイッ」

なんて、ちゃんとわかるンだからね、不思議なものであります。われわれが行くってえと、またガラッと変わっちゃってな、

「小僧ッ」

「へーいッ」

「ウワーッ、落語家《はなしか》が来たぞう……ウェッ、品物に気をつけろ……ウァッ」

なんて、言ってたりなんかして……。

そういうようなわけで、あー、大きな店になってくるってえと、小僧から順々に上がって来て若い衆(中僧)になる。番頭になる。番頭といいましても二番番頭から一

番番頭と上がりますんで、大変なものでございます。こういうところの番頭さんは、この裏というものがあるもンでございまして、えー、ちょいと外ィ出て、どっか遊びになんぞ行くときには、いい着物を脇へ預けといてな、木綿ものを脱いで、すっかりどっかの旦那というような風《ふう》をして、出かけることもある。

一番番頭の伊兵衛「おう、おいおい、さっさっさっさと用をしなくちゃいけませんよ。おまえさんたちは、遊んでちゃ困るじゃないかね。え、定《さだ》やッ」

定吉「へっ」

伊「ちょっと、ここへおいで」

定「へっ」

伊「おまえはなにしてた？」

定「へえ、いま、かんじよりを縒《よ》っておりましてな」

伊「ふーん、かんじよりか」

定「へえ、百本縒るンでございまして……」

伊「さっきから縒ってるじゃないか。何本縒れた？」

定「えー、九十七本……」

伊「ああ、九十七本縒ったのか？」

定「いえ、九十七本縫ると百本になるンで……」

伊「じゃァ、三本しか縫ってねえンじゃないか。それいけないてンだよ、どうも。これこれこれ、あー、吉《よし》さん、ちょっとこっちへ来ておくれ」

二番番頭の吉兵衛「ヘッ、おいでなすったな……」

伊「なにがおいでなすったんだ？」

吉「へへえ、なんです」

伊「なんですじゃないよ、おまえさん、ゆうべどこへ行ってたんだい？　え、ずいぶん遅く帰って来たね。三時ごろだったなァ……」

吉「ヘッ！」

伊「どこへ行ってたんだい？」

吉「ヘッ、えー、お風呂へ、参りました」

伊「お湯へ行って、三時なんぞになるのかい？　え、あたしはゆうべ、寝られなくてモジモジしていると、表へ俥《くるま》が止まったね。ふと女の声がしたよ。〝お近いうちに〟って言ってたなァ。え、そしておまえが〝シーッ〟と猫を追うような声を出して……。うん、湯に行くのにおまえはなにかい、俥なんぞに乗って帰ってくるのかい？　女の人がくっついてくるのは、どういうわけなんだい？」

吉「え、そらァ、あのゥ、なンでございます……」
伊「なんなンだい？」
吉「へえ、そのォ、なんなンでございましてな。えへへ……、え、なんでしょう？」
伊「なに言ってやがンでえ。どうしてそういうことになったんだ？」
吉「そらァ、なんでございます。えー、お風呂へ参りますってえと、山田のご隠居さんに会いまして……」
伊「ふーん」
吉「そいで〝今夜、謡《うたい》の会があるから、えー、あたし一人じゃなんだから、一緒に行ってくれないか〟ってンで、えー、謡の会へ参りました」
伊「謡の会へ行くと、三時にもなるのかい？」
吉「いえ、謡の会へ参りまして、それから、〝ちっと、一緒に来ておくれよ〟ってンで、行きました」
伊「どこへ行ったんだ？」
吉「えー、お茶屋です」
伊「お茶買いに行ったのかい？　そんな遅く？」
吉「いえ、お茶買いに行ったんじゃない。お茶屋なんですよ。え、吉原《なか》なんです」

伊「どこの中《なか》だ？」
吉「いえ、あの、吉原《よしわら》です」
伊「吉原ってどんな原だ、その原は？」
吉「ふへ……、弱ったなどうも。え、つまり、そのォ、芸者がまいりまして……」
伊「芸者？　どんなものだ、その芸者ってえものは？　一升いくら位するんだ、芸者は？」
吉「いえ、たいこもちやなんかが来るんです」
伊「そのタイコ餅ってえのはどんな餅だい？　まだわしは食べたことがない」
吉「どーも、あなたは、なんにも知らなくて困りますな……」
伊「あー、なんにも知らなくていいんだ。えー、商人《あきんど》の番頭はな、そういうことは知らなくていいんだよ。え、だけども、おまえさんにも困ったものだね。え、夜遅くそんなことをして帰ってきて、あたしは来年、年季《ねん》が明ければここから別家《べつけ》するンだよ。ねえ、あとはおまえさんがここを引き受けるンだよ。そんな了見じゃどうもしようがないね、えー、気をつけなくちゃいけないよ」
吉「へえ、どうもすいません」
伊「おまえら、ちょいとここへおいで」

清七「こんだあたしで？」
伊「こんだあたしじゃねえよッ、本当《ンとう》にィ。居眠りばかりしてやがる。みんなそれだからいけないンだよッ。
えーと、ちょいとあたしは、お得意を回ってくるから、あのー、みんな自分自分のご用をしておかなくちゃいけないよ。えー、あー、さっきおまえ、手紙を書いてたが、出したかい？」
清「ええ、ええ、手紙は書いたんですが、まだ出さねえンで……」
伊「どうして、出さないんだ？」
清「いや、まだ出す者《もん》がいませんから……」
伊「おまえが出したらいいじゃないか。えー、生意気なことというな。出すもんがいませんからって、おまえはそれだからいけないんだ。な、おまえなんぞ、図体が大きいから、普通の小僧じゃどうもなんだからと思うから、ちょいと若ィ衆ン中へ入れたら、すぐそう図にのぼせやがる。え、自分で手紙出してきなさい。あー、履物を出しておくれ、ちょいと行ってくるから」
清「ヘイッ、行ってらっしゃァい」
小僧たち「行ってらっしゃいッ」

伊「うん」
幇間「番頭さん、番頭さん。ちょいと、伊ィさん伊ィさん」
伊「おいおい、おまえはしょうがないね。え、店の前をあっち行ったりこっち行ったりしちゃ困るよ、本当に」
幇「だけどもね、姐《ねえ》さんがたからね〝どうも伊ィさんが遅いから、しょうがないから見てきてください〟って、頼まれたンですよ」
伊「頼まれて来たって、しょうがないじゃないか。なんだい、おまえ、赤い羽織を着た幇間《たいこもち》が、堅気の商人の家の前を、あっち行ったりこっち行ったりして、催促がましくおれに変な目つきして、おれが困っちゃうじゃないか。おれが出ようと思っても、店を出にくいから、みんなにズーッと小言を言って、そして出て来たんだよ。しょうがないよ、本当にィ」
幇「でも、船の仕度が、すっかりできていますからね」
伊「うーん、そうかい。じゃァ行くけれども、船はどッから出すんだい？　え、神田川？　そりゃァいけないよ」
幇「いけないスか？」

伊「神田川ァいけないよ。えー、家のご主人のご親戚があそこらにあるんだよ。あすこで、船でも乗ってるところ見られたら、大変だよ、だからなァ」
幇「そんなことァありませんや」
伊「ありませんじゃないよ。ま、とにかく、あとから行くからいいかい……。わかったね、ウン」

幇間を先にやっておいて、自分はどっかの二階に置いてあるやわらかものに着かえて、白足袋かなんかで、
伊「あ、遅くなって、すまないね」
芸者「まあ、いらっしゃい。どうなすったンですよ、本当《ふんとう》に。旦那ァ、あなたが来なくちゃ、船がでないじゃありませんか」
伊「おいおい、旦那、旦那と言ってくれるな。おれは旦那じゃない、番頭だ」
芸「いーえ、旦那ですよ。お宅じゃ番頭かしれないけれど、ここへ来れば、旦那なんですよ。ここに来ればだれだって、もう旦那ですよォ。ここに来ない者は旦那じゃない……」
伊「さあさあさあさァ、さ、どんどん船ェ出して……。え、ここにいちゃァいけない。

ぐずぐずしてちゃダメだ。さァ船出して、船出しておくれよ、あー」
芸「まあ、本当に、この船から向こうを見ると、ずいぶん人が出ますねえ」
伊「おいおい、おいッ、そこの障子ィ開けちゃいけないよ。障子開けちゃいけない。ご親類の人にでも見られたらどうするンだい、え、おれがしくじっちゃうじゃないか。障子は閉めときな」
幇「だって、障子閉めちゃうと、外が見えません」
伊「外なんぞ見えなくっていいンだよ。で、お酒はそっと呑みな。大きな声なんぞ出しちゃいけないよ。下ァ向いて、そーッと呑みなさい」
幇「お通夜ですよ、それじゃァ。ね、花見に来て、どうも障子を閉めちゃって、そーッと酒を呑んでるなんぞ……」
伊「いやー、陽気なことはいけません。もしわかったら大変なんだから、本当にィ。みんな頼みますよ。わたしはこうやってても、気が気じゃないンだからね。いいかい、そーッと呑みなさい。そーッと呑むんですよ」
そのうちに、番頭さんもチビチビチビチビと呑んでいるうちに、だんだんだんだんといい心持ちになってきた。
伊「(すっかり酔ってきて) その湯呑みをかしな。湯呑みを、おーッ、湯呑みだ。うー、おいおいおい、ふふーン、え、なんでえ、なんでえッ。そんなに閉めきっちゃって、暑いぞ。障子開けねえかい！」
幇「さっきは、開けちゃいけねえって！」
伊「だれがそんなこと言ったい？　え、なんだい、こういうところへ来てだね、花見をするのに、障子閉めてちゃ、しょうがないじゃないか」
幇「でも、ご親戚の……」
伊「ご親戚？　親戚がなんだッ。えー、なんだってンだ、親戚が。家の旦那の親類だって、こっちァおどろくンじゃないンだから、本当にィ。え、こっちはな、自分の金で遊ンでんだ。あー、表開けなさい。そこンとこの障子を、ズーッとだ。うー、おい、おめえ、なんかやんな」
幇「ヘイッ、何をやりましょうな？」
伊「なんでもいいから、やれッ！」
幇「はい、さいですか。えー、何をやろうかねえ……と、〽人を助くる身を持ちながら　あの坊ンさんは　なぜェーに　夜明けの鐘をゥ突くッ……
ってのは、どうですな。

〽あれまた木魚の　音がするゥ……。

……エヘッ、なんてね。えへへ……」

伊「そんなの、おもしろくねえ。ほかのことやれッ」

幇「どうも弱ったな……」

一番番頭の伊兵衛は、すっかりいい心持ちで、船ァ向島へやって参ります。

伊「どうでえ、かくれんぼ、やろう」

幇「え？」

伊「鬼ごっこだ、鬼ごっこよ。桟橋上がって、えー、土手ィ行って、鬼ごっこだ。おらァ、着物脱いじゃうからな、ウン」

芸「さいですか。まあまあ、いい長襦袢ですこと……」

伊「いやさ、さァ、おれを目隠ししてくれ。いいかい、みんな逃げろい。なァ、つかまえたやつには、酒をいっぺんに五合呑ませるよ。なァつかまらない者には、あとで祝儀をやるからな、ウン。あー、目隠しして、いいかい、さッ、いいな。さ、つかまえるぞ。いいな？　さ、どこだッ？

さあ、おれは鬼だぞ、（千鳥足で）〽ウウッ……牡丹は持たねどォ　越後の獅子ィはァ……」
幇「旦那ァ、危ないですよ」
伊「大丈夫、大丈夫だ。え、つかまえたら、離さねえぞ」
店の主人「おいおい、玄伯《げんぱく》さんや」
玄伯「へえ、へえ……」
主「やー、花はすっかりまっ盛りだな」
玄「さようでございますな。旦那さまの前でございますが、え、花というものは、陽気なものでございますなァ」
主「そうだなァ、ウン。どうもああやって、沢庵をぶらさげながら、あれをかじりながら、徳利の酒をガブガブ呑んで歩いてる。あれもまた桜のおかげだなァ」
玄「さいでございますな。桜というものは、咲くと咲かないでは、まるっきり変わっちまいますな」
主「うん、梅とくると、またどことなく上品だが、桜は少し俗ですよ。ねえ、あんまり埃《ほこり》がひどいから、どっかほかへ行こうじゃありませんか」
玄「さいでございますな、へえ……。

え、どうです、あそこに、あんなに芸者に取りまかれて、ぜいたくなことをしている人がいますなァ」
主「うーん、なァるほど……」
玄「長襦袢一枚になって、ああやって駆けて、酔っぱらって鬼ごっこ……。あらッ、あのゥ、あの人ァ、お宅の番頭さんによく似ていますね。ね、芸者に取りかこまれてる、あの人……」
主「えー？　うーん、似ちゃァいるけれど、伊兵衛じゃないよ。宅の伊兵衛なんてものは、なんにも知りゃァしねえ。酒も呑めやしねえし、吉原の大門《おおもん》がどっち向いてるかわからねえって、そう言ってンだからね、ウン。お茶屋ってえと、茶を売っている家だと思っている。芸者は一升いくら位するなんて、どうも野暮でしようがない。ウチの番頭が、ああいうことをしてくれるようなら、いいけどね。……あーあ、おやッ、ありゃァウチの番頭だッ！」
玄「そうでしょう」
主「あー、あれまァ、あんな風をして、まあどうも、酔っぱらって、危ないね。まァ、大勢芸者を追っかけて、あんなかっこうで……。だんだんこっちへ来るよ。困ったね、これどうしようかね？　え、会っちゃまずいしな……」

伊「(口三味線)ツンツンツ、ツツンツ、チチチチン……」
主「おーっと、弱ったよ。どうもなァ……」
伊「さあさあ、つかまえた。さあ、つかまえたぞ、どうだア。うーん、どうだ、だれだァ?」
主「あたしは、違いますよ」
伊「違いますたァなんだ、こン畜生。えー、船頭に違いねえ。船頭の直公だろ。酒ェ呑ませるぞ、なー、五合呑ませるぞ。さあ、おれが面ァ改めてやるから待て。こうやって、目隠しを取れば、もう逃がさねえ。やい、この野郎ッ」
って、見るてえと、恐い恐いと思っている旦那の顔が、前にひょいとあるから、いや番頭おどろいたのなんの。
伊「うわっ! あッ、こりゃァ、旦那さまでございますか!」
主「おう、おまえさんは、伊兵衛さんか」
伊「は、は、どうも……。どうも、ご無沙汰して、あいすみません。は、みなさま、お変わりありませんか。えー、ごめんください」
酔いなんか醒めてしまって、もうまっ青ンなってな……。

伊「おいおい、おいッ！」
幇「へえ、へえ……」
伊「すぐに、あたしは帰るからね。え、帰るから……」
幇「あ、そうですか？」
伊「だ、旦那がいらっしゃった……」
幇「え、旦那？　じゃァその旦那をこっちへ引っぱり込んで、遊びましょう」
伊「馬鹿なこと言うなよ。さ、早く、船出してくれ。着いたら俥ですぐ帰るからッ」
ってンで、船ェ上がるってえと、俥でもって店へ帰って来た。
小僧甲「お帰んなさい」
乙「お帰んなさァい」
丙「番頭さん、お帰んなさいまし……」
伊「あ、ちょいと、風邪ひいちゃったから、二階へ床をのべておくれ」
ってンで、二階へ上がって床へ入ったけれど、さー、どうも眠られません。いろんなことが心配になってくる。
伊「あー、大変だ。悪い人に会っちゃったね、どうも。ああ、まさか旦那に会うまいと思ってたけども、なんだって旦那に会っちゃったんだろうなァ。きょう…ああ、きょうは行くんじゃなかったなァ。ああァ、どうもなァ……。ああァ、来年になると、あたしは別家して、え、こののれんを分けて貰うつもりになってた。来年だよ、来年……それがここで、こんなことが見っかっちゃってなあ、うーん。港口《みなとぐち》で船が沈むってえのは、これだなァ、ああ、おどろいたァ。あしたの朝ンなるってえと、〝番頭さん、ちょいとこっちへ来ておくれ、おまえさんにも、いろいろと、えー、骨折りをかけたけれど、少ゥし事情があって、おまえさん、きょうかぎり……〟たはーッ、あああ、おれは、情けねえなァ……。いっそのこと、逃げちゃおうかしら」

いろんなことを考える。そのうちに夜が明けてしまいました。しようがないから、自分は帳場へ来て、まだ考えている。

定吉「あのォ、番頭さん」

伊「なんだい？」

定「へえ、あのォ旦那さんが、ちょいと奥へ来て貰いたいって……」

伊「はいはい、あー、いま行きますよ……弱ったな、どうも……。おい、あの定や」

定「へいッ」

伊「旦那にそう言ってくんないかい。ちょいと腹が痛くってね、いま、立てないンだってな。あとで伺いますからってな」

定「あ、そうですか……。へえ、へえ……。えー、旦那さん」

主「なんだ」

定「えー、番頭さん、おなかが痛いンですって……」

主「そらァいけないな。じゃ薬を、あたしが持ってってやろう」

定「あ、そうですか……。えー、番頭さん、旦那さんが薬を持って、いまここへ……」

伊「くすり？　いやいや、持って来なくていいよ。あたしが行きますよ。旦那に薬持って来られちゃ大変だ、え、行きます行きます。

あー、もうこりゃァだめだ。〝おまえもいろいろ働いてくれたけど、ちょいと都合があって……〟あー、もうダメだなァ……。

えー、おはようございます」

主「おう、番頭さん、こっちへ来ておくれ。えー、実はだねえ、おまえさんに、ちと話したいことがあるんだ」
伊「へえへえへえへえ……」
主「あー、きのうね……」
伊「へえーッ……」
主「おまえさんに、ちょいと会ったけれど、おまえさんはなかなか器用で、なんでもやるお人だなァ」
伊「へえ……」
主「あの踊りなんざ、どこでおぼえた？」
伊「うへへへ……、どうも……」
主「なかなかおまえさんは、モノをおぼえないと思ったけど、よくおぼえたものだな。いい長襦袢を着て、芸者に取りまかれて、大層なもんだ。な、あたしはおまえをえらいと思うよ。な、こうやって大勢の奉公人の世話をしながら、そうやって遊ぶときには遊ぶというのは結構だよ、ウン。
おまえさんは、八つのとき、うちの婆ァさんの田舎《いなか》から、あたしンとこへ来たンだったね。来たときには白癬《しらくも》（頭髪部にできる皮膚病）だらけの汚ねえ子でなア、白癬はどうしたら直るだろうと言ったら、ドジョウをころがすと直るってえから、ドジョウをころがせたら、いくらやってもドジョウがころがらない。見たら癜《なまず》（慢性皮膚病）もできている。まァ、そんないろんな世話をしたもんだ。

ねー、ものを買いにやれば銭は落っことしてくるし、ウチの婆さんがもう田舎へ帰すってえのを、まあまああと、わしはおまえさんを置いといた。それがとうとう番頭にまでなって、大勢を使う。そのおまえが、ああやって芸者を連れて、騒いでいるなんぞは、あたしはねえ、おまえをえらいと思うよ」

伊「冗、冗談おっしゃっちゃァいけません。あ、あたしは、穴があったら入りたいくらいなもんで……。

ついあれは、その付き合い、でして……」

主「付き合いなら、なんでもおやンなさいよ。おまえさんがやったことをグズグズ言うんじゃないが、ただおまえさんにひと言聞きたいことがあるのは、きのう、あたしの顔を見た途端に〝旦那、ご無沙汰いたしました。みなさん、お変わりございませんか〟と言ったがね、おかしいじゃないか。え、朝晩こうやって会ってるあたしに、ご無沙汰しましたって、大変会わないようだが、なんであんなこと言ったんだい？」

伊「へえ、目隠しを取りましたら、旦那がおりました。こんなことをしていたのを見られて〝しまった、これが百年目〟と思いました」

二《に》階《かい》ぞめき

『干物箱』（廓ばなし）の親父にくらべ、こちらはたいへんものわかりのいい親父で、伜《せがれ》にはありがたい。「ぞめき」は吉原を素見《ひやか》して歩くこと。張見世《はりみせ》のあったのは、大正はじめまでというから、これは明治の雰囲気である。若旦那のひとりしゃべりがおもしろい。

えー、吉原にまだ〝張見世《はりみせ》〟（遊女が見世にならんで、お客のお見立てを待つ）というものの、あった時分のおはなしを申しあげます。

えー、このご婦人が大勢いるところはッてえと、ご年輩のお客さまはご存知の、あの吉原というところ。何しろ〝遊女三千人御免の場所〟てえくらいでありますから、大変なものでありまして、女の子たちがきれいな上にもきれいにして、若い男たちの来るのを、待ってたりなんかする。そこへ、フラフラッと出かけますな。

「ちょいとまァ、おまはんみたいに容姿《ようす》のいい人が、どこの風の吹きまわしで来たのさァ……」

なんて、かんなッ屑と間違えられてね。

「ほんとに、あたしは、骨がなかったら、一緒になりたいわよォ」なんていわれると、

「どうも、俺は骨があって、いけねえな。あァ、海鼠《なまこ》がうらやましい」なんてえことになる。

もっとも、こりゃァ、ただ行ったんじゃそうはいってくれないんですな。日本銀行発行の絵葉書を持ってかなきゃ、そうはいってくれないんですけれども……。

あすこは、登楼《あが》る人ばかりじゃァない。素見《ひやか》しというものがある。ご婦人が、格子《こうし》のところへ、こう、つかまっていて、煙管《きせる》を持って、煙草《たばこ》を吸っている。これを〝吸いつけ煙草〟てンですな。男が通るてえと、

「ちょいと、あんた、一服おあがンなさいな」って、つけてくれる。

この煙草を吸いながら、

「ちょいと、登楼《あが》ってよ」なんてンで、相談ができちまう。

素見しているほうはてえと、その煙草ォ吸いながら、グズグズいっている。

「ウン、また来らァ」てなことをいって、スッと帰《けえ》っちまう。

「ちょいと、きょうは登楼《あが》ンないのォ」

「ウン、あしたの晩来るよ」

てンで、毎晩、毎晩来ては、くだらねえことをいって帰っちまう。

女のほうは、「いやだよ、あンちくしょうめ。登楼ったことないくせして、ひやかして行っちまやがらァ。煙草代がどえらい損だよ」なんてことをいっている。

登楼る客はてえと、懐中《ふところ》の都合があるから、そうそう続いちゃ来られない。ところが素見しはいつだって来る。入費《にゅうひ》がいらないんですからな。半年か一年も、チョイチョイ来て、煙草ォ吸っちゃァ、素見していた男が、パタッと来なくなってしまうと、

「あの人、どうしたんだろうねえ、ちっとも顔ォ見せないけど、どっか悪いんじゃァないかしら？　ほんとに、あたし、気になるよ」と、くだらないことを心配するようになる。妙なもんでございますな。〝格子馴染みで四年越し……〟てえくらいのもので、
素見しの味というものも、またオツなものでありまして……。

番頭「いえ、あのォ、若旦那ァ、あたしがねェ、まァ、あァたに、ご意見するてえのも、そのなンですがね、イエ、その、大旦那が、とても心配をなすってねえ。

あなたが毎晩毎晩、行っちゃ遅く帰って来て、ドンドン、叩いたりなんかして……、どうもねえ、世間体《せけんてい》が悪いてンですよ。堅気の商人《あきんど》なんですからねえ。そいでまァ、〃ああいうとこに行くってえと、口は乱暴になってくるし、ああいうとこへ行くんなら、ほんとにもう……えー、ありゃァもう、勘当しなきゃァなンねえ〃なんてね、大旦那にそういわれるてえと、あたしゃァ〃そうですか〃てこたァいっちゃァいられねえんで、え、ねえ、少ォしゃァ我慢してくださいよ」

若旦那「やだよッ」

番「へッ?」

若「いやだ!」

番「そうスか?」

若「あァ、おれァもう、行かなきゃいられねえんだ」

番「行かなきゃいられないってね、じゃまァ、一週間に一ぺんとか、十日に一ぺんぐらい行ったらいいでしょう」

若「いや、おれァ、毎晩行きてえんだよ」

番「それがいけないんスよ、あァた……。そんなに女の顔が見たきゃァね、こうしたらどうです。よくこのォ……内緒で、ひょいと身請《みう》けしちゃってさ……。ンで、このォ、他所《わき》ィ囲《かこ》っといて、昼間、お父ゥさんに内緒で行って会ったらいいでしょう」
若「なァに、おれァねえ、女ァどうこういうンじゃねえんだよ」
番「そうですかァ……」
若「ウン、おれァね、吉原てものが好きなんだ。ウン、気分がいいんだ、あすこの……。だから女じゃだめなんだ。吉原ァうちィ持って来てくれりゃァ、行かねえよ」
番「そういうわけにゃ行きませんよ、あァた……。じゃ、なんですね、あァたは、つまり、ご婦人でなく、吉原が好きなんですね？　ハァハァ、よくこの煙草を好きな人が、煙草をやめちゃうてェと、口ざみしィってンでもって……こう、なんだね……はっかパイプなんぞくわえてることがあンでしょ？　その型でどうです？　おたくこの……二階が広いんだ、お店の……。二階を吉原の通りにしてですねえ、で、二階でひやかしてたらどうです？」
若「できるかい？」
番「できますよォ。店《うち》ィ出入《でいり》の棟梁《とうりゅう》は腕がいいんだから、頼んでみましょう、ねッ」
番頭が、その大工さんに話をするってえと、

「若旦那が、身がおさまるんなら、やってみましょう」
てンで、吉原へ行って、すっかり様子を見て来て、仕事にかかったが、そりゃァもう、腕がいいんですからなァ。
番「若旦那……」
若「なんだ？」
番「すっかり、二階できましたよ」
若「ウン、できたか？」
番「ええ、今、明かりがはいって来ましたがね、ひとつ明かりを入れたところで、素見《ひやか》して来たらどうです？」
若「ほんとかァ、おッ、そりゃァ行きてえねえ。じゃ行こう、ウン」
番「じゃあ、行ってらっしゃいよ」
若「じゃァ、ちょいっと……そのォ戸棚あけるってえと、風呂敷《ふるしき》包みがあるんだ。出してくれよ」
番「なんです？」
若「ウン、おれの……ひやかしに行く着物があるんだよ」
番「着物なんていいでしょ、それで……。うちの二階なんだから……」

若「いや、それが、そうでねェんだ。ひやかしってもなァ、やっぱし服装《なり》をしなくちゃいけねえ」
番「そうですかァ？」
若「ウーン、出してくンねえ」
番「そうですか……。そらァ、なんてンです？」
若「これか？　この着物ァなァ、古渡《こわた》り唐桟《とうざん》てンでなァ、素見しには、こういうふうにしなくちゃいけねえんだ」
番「たもとはないんですか？」
若「これか？　ウン、平袖《ひらそで》ッてんだ」
番「どうしてです？」
若「どうしてって、お前、あすこで素見してるってえとな、うっかり突き当たったりすりゃァ、喧嘩がおッぱじまらァ、なァ。女がおめえ格子につかまって、こう、見てるところで、あやまるやつァねえやな。
なァ、パーッと突き当たッて、突き当たりざまパーッと来るんだ、なァ。だから拳《げん》固《こ》も、しじゅうここンとこ（ふところの中）へこういうふうに入れてな、こう……待ってンだ、こうやってなァ……。なんかあったら、すぐに拳固《げんこ》がスッと出るようにって、ウン。だからここが、平袖になってんだ、なァ。拳固をここへしまって、貯蓄しとくんだ。な、ウン、貯蓄げんこう(銀行)ってくれえなもんだ」
番「ハハァー、そうですか？」
若「ウン、そいじゃァ、行こうッと……。この手ぬぐいで、ほっかぶりをすンだ」
番「ほっかぶりなんて……あァた……」
若「夜露が毒だって、いうやつでよ」
番「だって夜露たって、二階なんだから、夜露なんて、ありゃしませんよ」
若「いいんだよゥ、向こう行ってな、そのつもりでなきゃいけねえんだ。なァ、こンなら、まァ、恰好《かっこう》がつかァ」
番「そうですかァ……」
若「じゃ、行ってくるよォ」
番「へイッ！」
若「だけどなんだよ、気にいらねえと、俺、降りて来ちゃうよ」
番「へッ、へイ、じゃまァ、ゆっくり素見《ひやか》してらっしゃい。ええ、くたびれたら、素見して、寝ちまってもいいんですよ」
若「誰が来ても、上がっちゃいけねえよ。いいかい、なあッ。

（二階へ上がりながら）……なんだかンだって、えッ、心配してんねェ。えッ、コレ、番頭がまァ、棟梁に頼んで、作ってくれたてえけれども、どんな具合になってッかなア、二階は……。

（二階へ上がって、見渡して）なァるほど、よくできたねえ、え――、吉原そっくりじゃねえか。いい腕だなァ！　えエ、茶屋行灯《ちゃやあんどん》に明かりがはいってやがる、ねッ。おや、張見世があンねえ。女がいるのがうれしいじゃねえかなァ。ウン、こりゃァ、妓夫台《ぎゆうだい》（妓夫太郎のすわっている台）があって、ねえ、若い衆がいらァ。え、こンなら、素見しができらァ、なァ、ウン。ここで素見しができりゃァ、なンもあんな遠くまで、行かなくてもいいんだからなァ。

〽オウーイ……（と歌って）ってやらァ。さみしいね、こらァ、誰もいねえな、こりゃァ……。吉原だから、誰かいなくちゃ、変だな。こんな時あるかしら？　ウン、あるある。ねえ、よく、このォ、始終来てるてえと、たまにゃァこういう場合に、でっくわすことがあるな。物日《ものび》で……。客がみんな登楼っちゃう。素見客《ひやかし》も、もうくたびれちゃって、みィんな帰っちまう。

そのあと、大引け過ぎ……ねえ、二時ちょいっと過ぎた時分に、シーンとしてしまうってえと、聞こえるなァ、按摩《あんま》の笛に新内流し……。このォ、シーンとしたところを、素見してる……。また実に、いいもんだねえ、ウン。

（新内流しを口三味線で）〽ティンティンティン、ティンティンティンティン……。

なんてンで、遠くから新内……。そこを、こう、素見《ひやか》して……。今晩そういう晩だよ。ねえ、今夜はそういう晩ときめよう。

（新内で）〽そりゃァ、誰ゆえじゃえ……。

〝どうしたい、忙しいかい？　えッ？　何をッ？　暇ですゥ？　何いってやンでえ。今夜より暇なことなんかねえじゃねえか。何ィ、おあがンなせえ？　よせやい、はいって来たばかりじゃねえか、ほんとに……。なァ、また来るよ、ねーッ〟

（新内で）〽こなさァん……。

〝なんだい？　よおッ、おうおう、あすこにいる女の子ァ、なンてんだい？　え、何ィ？　タヨリさん？　ほーう。……おッ、なァ、タヨリさァん、チッと顔をあげて、拝《おが》ましてくンねえか。え、お顔見せとくれてンだよ。面《つら》ァあげろいッ、ちくしょうめ！

何をッ、タヨリって面じゃねえよ、ありゃァ……。ご無沙汰して申しわけがないって面だよ。え、どうだい、おっそろしい長《なげ》ェ面だなァ、ウン。馬が、紙屑かごくわえ

たような長ェ面だァ、なァ〃
（新内で）〽だいィ……。
〃ちょっと、あァた、あァた……〃
〃なんでえ？〃
〃ちょっと……〃
〃だめだい、だめだい、今夜ァ〃
〃そんなこといわねえでサ、今夜ァねえ、えェ、あの妓《こ》が、お茶引いちゃうんで、頼むよ、あァたァ〃
〃いやだよおッ〃
〃ねえ、いいじゃありゃせんか〃
〃いや、いやだってンだよォ、そんなのいやなんだよ、オレ〃
こりゃァ忙しいな、何から何までやンなくちゃなんねえからなァ……。
（都々逸で）〽今朝のォ……。
〃こんばんは……〃
〃え、おうッ、また来るよォ〃
（都々逸で）〽別れにィ主の羽織がァ、かくれんぼォ……と。

〝ちょいとッ、容姿《ようす》のいい兄《あに》さんッ、登楼《あが》ってよッ〟

〝なァに、登楼《あが》りゃしねえや〟

〝一服吸ってさ、ね、煙草つけるよ。ねッ、さァ、煙草吸ったらさ……登楼って、ねえ〟

〝やだよう〟

〝やだよッていわないで、登楼ってさァ。ゆうべも、おとといの晩も、お茶引いちゃってんのよう。今夜、あァた、二回じゃないかさァ、助けると思って、登楼ってよゥ、ねえ、お願いするからさァ〟

〝やだってンだよォ〟

〝どうしてやなの？　どういうわけでさァ？〟

〝いやだよう。上（二階）へあがんのは、いやなんだよゥ〟

〝へーえ……懐中《ふところ》がさみしいのかい？　オアシないんだろ、銭《ぜに》なしだろ？〟

〝(だんだん喧嘩腰になって）何をッ！　銭なしたァなんだよう！〟

〝登楼《あが》ンないじゃねえか？〟

〝当たりめェよォッ、何ィいやがンでえ！　気に入りゃ、登楼ってなァ、身請けして、わきィ置いといてやらァ〟

〝そんなこといやがって、ちくしょうめッ、登楼りもしねえで、煙草ばかりのんでっちめえやがる。この、どろぼうめッ〟

〝どろぼうたァなンでぃ！　客ゥつかめえて、どろぼうとはなンだよう、え、こちとらァなァ、客なんだぜ〟

〝お客てえのはねッ、へ、登楼るからお客だよう。何いってやがる。登楼ったこともないくせしやがって、大きな口ィきくな、この宿《やど》なし！〟

〝宿なしたァなンでえ、このォ……〟

〝何も、あァた、花魁《おいらん》と……〟

〝うーん、出せ、出せ、あの妓《おんな》ァ、ここィ出してくれッ。だ、出してくれやい。さァ、承知しねえんだから、ほんとにィ……〟

〝おーオう、おう、おウッ！〟

〝なンだ、なンでえ？〟

〝よ、よ、よせやい、なんでえ？　えー、妓にぐずぐずいうない。おう、俺が相手になってやろうじゃねえかッ〟

〝何をッ、相手になる？　相手なンなら、やって来いってンだ。何人でもかかって来いッてンだ。……あ、コンちくしょうめ、ふざけたことォしやがって、なんだッ！

この野郎ッ、さァ、殺すんなら殺せッ、ウーン、さァ殺せえーッ⁉〟

親父「(二階をうかがい、うかがい)たまにまァ、家にいると、大きな声を出しゃァがって……。あれ、ひとりじゃねえぞ？　おや、喧嘩してやがる。おい、定公ッ！」

定公「へーいッ」

親「二階ィ行って、倅ェ連れて来いッ！　ええッ、大きな声出しちゃいけねえって……そういって来なッ！」

定「へーイ、へッ。

(二階へ上がりながら)……どうもね、へッ、旦那が怒ってやがる、ほんとに……へへへッ……。〝二階行って、倅を連れて来いッ……〟ってやがる……。

(二階へ上がって)あッ、ひやァッ？　ずいぶんきれいになっちゃったなァ、えェ、明かりがついてやがる。やァ、きれいだなァ……。

あァ、あすこに、頬っかぶりした人がいるよ。泥棒かしら？　あれッ、あッ、若旦那だ。おや、喧嘩ァしてやがる。ひとりでケンカしてるよ。あ、自分で自分の胸倉を取ってやがる……。

若旦那ァ、若旦那ァッ……」

若「(喧嘩の続きで) 何ィしやがンでえ、この野郎ッ！　なンだと、コンちくしょう！　さァ、殺せッ！」

定「しようがねえなァ、若旦那ァ、ねえ、若旦那、若旦那ァッ！」

若「えーッ、な、何しやがンでえ、どこの野郎だァ、ほんとにィ。うしろから来ねえで、前ッから来いッ！　ほんとにィふざけやがって……。(気がついて) なァんだ、定公かァ？　悪いとこで会ったなァ、こりゃァ……。おい、おめえ……なァ、ここで、俺に会ったてえことォ、家ィ帰《けえ》ったら、親父に……黙っててくンねえなァ」

町内《ちょうない》の若《わか》い衆《しゅ》

志ん生がまだ馬生といったころ……昭和十年二月、ビクター・レコードに吹き込んだもの。『氏子中《うじこじゅう》』の題になっている。検閲のうるさい時代相とレコードを意識して、バレの要素を大幅に消しているが、本来は代表的な艶笑ものである。珍しい作品として収録した。

亭主「(歩きながら) どうも、なんだなァ、よそのおかみさんは、どうして、あんなにえらいンだろうなァ。あれを考えるてえと、おれンとこのかかアなんてもなァねえ、全くいやだよ、ほンとにィ。

わかれようと思うけども、またねえ、あの女がだなァ、おれに喰《くら》いついてて離れねえンだからなァ。どうしたら離れるンだろうなァ。水銀軟膏《すいぎんなんこう》(毛じらみの薬) なすろうかしら、こんだァ。

ええ、ほうら、家に居やァがらァ、あァやってねえ。帰ってくると、おらァもういやンなっちゃうんだ。どうも物欲しそうな面《つら》ァして、頬《ほお》の肉がこけて、眼肉《がんにく》が落ちて……」

女房「なんだよォ、家ィ帰って来たら、入ったらいいじゃァないかね、門口《かどぐち》でなんか言ってないでさァ。どうしたんだねえ?」

亭「どうしたんだねえたって、もうおりゃァ、驚いた」

女「おまえさんみたいに驚く人ァないよ。こないだも、猫があくびしたって驚いたろう」

亭「いいじゃァねえか」

女「いいじゃァないかじゃないやい、いまきいてたから……。頬ォ肉がこけたってね、あたしゃァ、おまいさんとこへ来たときには、随分ふとってたんだよ。ね、ここン家《ち》でもって、あんまり苦労させるからね、肉がなくなっちゃったんだ。

人の肉盗《と》っちまって、ドロボー!」

亭「なんだい、泥棒たァ……。実に、しかし、えらいや」

女「何がえらいんだね？　……そうしちゃァじきに、おまいさんは首を曲げるよ。蓄音器の犬ゥ（ビクターの商標をいったもの）」

亭「うるせえな、本当にィ。てめえァな、言うことだけ一人前だって、モノを知らないんだ」

女「なぜ？」

亭「なぜったってそうだ。てめえと、こないだ往来を歩いてたらば、万年筆屋の看板に、英語の〝S《エス》〟という字があったろう。

アレを見て、てめえはなんてった？

〝こんな大きな羽織の紐《ひぼ》の環《かん》があったら、高いだろう〟

って言やァがる。えー、どうだ。横丁の洋食屋へ連れてってやってよ、てめえ、洋食たべたいったから、おれが〝何を喰うんだ？〟と、こう言ったらば〝あたしが、あつらえる〟って、

〝ねえさん、牛肉のあぶったのをください〟

って……。笑ってたよ向うで。〝ビフテキ〟って言えないかなァ、本当に。

〝お待ちどうさま〟って持って来た。

〝こんな、こんがらがったもの、包丁じゃ切りにくいから、ハサミをかしてくれ〟ってやァがる。ありゃァ、ハサミなんぞで切られてたまるかい。何か言うんじゃないてえのに、帰りぎわに胡椒《こしょう》の粉を踏みゃァがって、

〝ここの家は、衛生が行きとどいているから、お客がかゆくならないように、蚤取《のみと》り粉が置いてある〟

ってやがる。笑ってたよ、向うでもって……」

女「女だから、なンかよくわからないよ」

亭「なんか言うと、おんなおんなってやがる。おまえなんか、おんなってほどの女じゃァねえぞ。男に生れようてときに動《いご》かしたから、女になったんだ」

女「そんなの、あるかい？」

亭「そうじゃァねえか、こないだだって、大掃除のときにどうした。てめえとおれが印半纏《しるしばんてん》着てタタミを持ちあげてたら、屑屋《くずや》が何てったよォ。えー、おれとてめえを見て、おれにそう言ったぞ、

〝あなたよか、向うの弟さんのほうが、力がある〟

って、雌雄《めすおす》の区別がつかねえンじゃねえか」

女「うるさいねえ」

亭「そうよ。なンだ、いまなァ、兄ィンとこへ行ったらば、こんど普請《ふしん》が出来たから、〝お宅の兄ィは働きもんです。この景気のわるいのに普請をして〟と、おれがほめたれば、あそこのおかみさんの言うのにゃァ、〝ウチのひとの働きじゃァありません、町内の若い衆が、大勢で寄ってたかってこしらえてくれた〟と、おれに花を持たしてくれた」
女「じゃァ、花を持ったらいいじゃァないか。花を持たないでかつげッ」
亭「かつげたァなんだ。てめえには、こんなこたァな、天井へぶらさがったって言えめえ」
女「あたしゃァ、コウモリじゃァないよォ」
亭「湯ゥへ行ってくるよ、おれは……」
女「どこへでも行って来やァがれ」
亭「温《あった》まってくらァ」
女「いっそのこと沈んじまえ」
亭「なにォ言やがんでえ。手拭ィ取れえ」
女「自分で取ったらいいだろ」

亭「あれだッ。〝行くよッ〟と……。
(歩きながら)いやだいやだ、しようがないなァ。え、悪《わり》いことだけ覚えてやがるんだからなァ、いまいましいなァ。
あン畜生ァね、おれの留守に人が来て、何かをほめて、どれだけのことが言えるかてンだよ、くやしいな、なにかほめさせてみてやりてえな……」
友達「どこへ行くんだい?」
亭「よォ、湯へ行くんだ。行こうよ」
友「おめえ、湯ゥ好きかい」
亭「おらァ好きだ。おめえも好きだな」
友「あー、おらァもう、湯へ入って温まるとふとるんだ」
亭「赤ン坊だな、そいじゃァ」
友「うるせえや」
亭「あァ、おめえに会ったのが幸いだァ。おれにここで会わねえつもりでなァ……」
友「うん」
亭「ウチへ行ってなァ、おれンとこのもの、なんでもいいから、ほめてやってみてくんねえか。ウチのかかアが、なんて口をパクパク動《いご》かすか、おれにきかしてくれやい」

友「どうするんだい？」

亭「ヘンなこと言ャアがったら、今日はあの女ねえ、鼻の皮でもなんでもむいてねえ、下地《したじ》（醤油）をつけて焼く……」

友「赤蛙《あかがえろ》だなァ」

亭「頼むよ、ふンとうに……」

友「いいとも……」

亭「あとで一杯《いっぺえ》呑ませるからな。いまァ、湯銭《ゆせん》がつまってっからよォ」

友「あとでいいよォ……。

（歩きながら）なんかこしらえたんだなァ、あいつは……。

（家へ入って）こんちはァ……」

女「だァれ？　あーら、秀《ひで》さんかい？　お入りよォ」

友「ありがとう」

女「あの、いま、会わなかったかい？」

友「誰に？」

女「誰にって品物《しなもん》じゃないよ。ウン、そこンとこへ行ったろう、モーローとしてた奴さ」
友「え？」
女「ねずみ色《いろ》ンなってたやつさ。そいつの鼻《はな》ン頭、見なかったかよォ」
友「兄ィかい？」
女「いやァ、兄ィってほどのもンじゃない。いま、湯へ行きゃァがったのよォ」
友「会わねえや」
女「いましがた、そこンとこを伝《つた》わってったんだよ」
友「トカゲだねえ、まるで……」
女「まァ、お入りよ」
友「ええ……。さァてと、ほめなくちゃァ……。しかしね、そんなこと言うんじゃないよ。ウチの兄ィはえらいよ」
女「なぜ？」
友「なぜったって、えらいとも。ねえ、とにかく……（あたりを見廻して）なんにもないねえここン家《ち》ァ……。よく片付いてるねえ、またァ……、うん。自動車のガソリンを売るとこだって、もう少しなんかあるがねえ……」
女「いいじゃァないか」
友「けれどもだよ、えらいよ」
女「なぜ？」
友「天井は……、えーと、ある……」
女「当り前だよ」
友「だけども、ただの天井じゃないよ。このクモのぶらさがってるの……。クモだっていやならぶるさがらないよ。ここの家ァいいから、ぶるさがるんだよ。油虫だってごらんよ、大きいや、ねえ。実にえらいよ」
女「およしよ」
友「いや、まったくだよ。このタタミだって、六畳だろ。この六畳をねえ、よその家ァ四畳半にしか使ってない。これはてえと、タンスがあって、長火鉢があるから……。ここの家ァ、六畳を六畳に使ってる、なンにも置かないで……、まン中にタバコ盆をひとつ置いてあるっきりだもの、えらいったってないや。
え、ねえ、えらいや。この景気の悪いのに、赤ン坊をこせえるなんざ、ウチの兄ィは働きもんだ。いや、おそれ入った、えれえよ」

女「いいえ、ウチの人の働きじゃないよ。町内の若い衆が大勢で、寄ってたかって、こしらえてくれたの」

註・レコードではラストのところが、

友「え、子供やなんかこんなに居てさ、ねえ、偉いよ。この景気の悪いのに、子供を大きくするというのは、ウチの兄ィは働きもんだよ」

女「いいえ、ウチの人の働きじゃないよ。町内の若い衆が大勢で育ててくれるの」

★となっていて、当時の〝産めよ、ふやせよ〟の国策に、心ならずも添っている。本来は、かみさんの臨月間際の腹ボテを見て、このサゲに持ってゆくところに、この落語の味わいがある。まん中の「町内の若い衆が、大勢で寄ってたかってこしらえてくれた」が、伏線となって生きてくるわけだ。

幾代餅《いくよもち》

吉原華やかなりしころ、全盛とうたわれた花魁《おいらん》は大名道具といわれ、庶民にとっては高嶺の花。それを一介の搗米屋《つきごめや》の若い衆が、惚れて惚れられて女房にする。めでたい「逆玉《ぎゃくたま》の輿《こし》」のはなしとして、志ん生は正月の高座でよく演《や》っていた。この幾代餅の店は実在した。

えー、何事にも、このォ、ものはお色気でございましてな。

むかしはってえと、本当に恋煩《こいわずら》いというのがあったんだそうですな。この恋煩いと申しますと、やっぱり殿方よりご婦人のほうが色っぽいようで、文金《ぶんきん》の高島田の根《ね》かなんかゆるんで、こォ、えー、痩せてしまって、好きな男のことを考えてるなんてえのはよろしいもんですな。そこへ行くてえと、野郎の恋煩いというのは、あんまり色っぽくない。ひげが伸びちゃってね、むく犬がごま汁ゥ喰ったようになっちゃって、どうも具合がわるいもんでございます。

えー、日本橋馬喰町《ばくろちょう》、一丁目に、搗米屋《つきごめや》で六右衛門という人がある。この人の店《うち》に小さいうちから奉公をしております清蔵という若い衆。なかなか固《かた》い人間でありまして、働く一方というのが、ちょいと使いから帰《かい》って来て、もうなんにもたべられなくなって、寒気がするってンで、寝たきりになる。

六右衛門「どうしたんだい、野郎は？　えー、まるっきり寝てンのかい？」

女房「そう、しようがないねえ。医師《せんせい》に診《み》てもらったって、どうも病気がよくわかンないからと、こう言うんだからね……」

六「うーん、二階へ行ってそう言ってやんなよ。なァ、少ゥし力《ちから》つけなきゃァダメだぜって」

女「そうねえ、行ってみようか……。

ねえ、清蔵や……」

清蔵「(弱々しく)へッ、おかみさんでございますか……」

女「どうしたの、おまえ？　え、親方が心配してるよ。おまえ、なんか自分で思ってることがあったら、はっきり言ったらいいじゃないかねえ……」
清「へえ、ですけども……」
女「ですけどもじゃないよ。あたしにお話しなよ。えェ、誰にも言わないから……」
清「へえ、私の病気は自分でよくわかってンです」
女「何なの？」
清「何なのって、これを言やァ、笑われるから……」
女「笑やしないよ。言ってごらんなね」
清「じゃァ言いますが、笑わないで下さい」
女「なンだね？」
清「実ァね……」
女「うん……」
清「笑われそうで……」
女「笑わないったらさ、笑うわけがないじゃないか。病気って、なンなんだよ」
清「へえ、私の病気は、お医者さまでも草津の湯でも、惚れた病いは直らねえって……」
女「恋煩い？　おまえが、アハハ、恋煩い？」

清「ほォら、笑ったじゃないか」
女「おまえが恋煩いだなんて、笑いたくもなるよ。一体、誰に恋煩いしたんだい？
相手をそう言ってごらんよね」
清「それは、ダメなんです……」
女「どうしてダメなの？」
清「へえ実は、この間、おかみさんの使いで人形町《にんぎようちよう》へ参りました折り、具足《ぐそく》屋という
絵草紙屋の前へ、私がフイと立ったら、大勢人も見ていました。後光《ごこう》のようなかんざ
しを押した、立派な花魁《おいらん》の錦絵《にしきえ》があって、それを見たときに、
〝あー、いい女だなア、俺も男と生まれたからには、こういう女を相手に、一ぺん口《くち》
でもきいてみたいなア……〟
と思ったら、それからゾーッと寒気がしちまいまして、何もたべられなくなっちゃ
ったんで……」
女「そりゃアおまえ、花魁だろ？」
清「へえ、そばにいる人にきいたら、〝これはいま全盛と言われた、吉原の、姿海老《すがたえび》
屋《や》の幾代《いくよ》太夫という松の位の太夫職で、お大名のお遊び道具。町人には手が出せな
い〟と言ってました。

だから、私ァ食べずに死んじまうんで……」
女「なンだねえ、お待ち。そんなこと、ボンヤリすることァないよ」
六「どうしたい、あいつァ？」
女「それがね、おまえさん、恋煩いだよ」
六「ふーん、恋煩いならいいじゃねえか。相手ァ誰だい？　向いの伊勢屋のおさんどんかなンかか？」
女「そうじゃないんだよ」
六「誰だい？」
女「あのね、吉原の、姿海老屋の幾代太夫を錦絵で見て、それから煩っちゃったんだよ」
六「大変なものォ見当つけやがったなあ、えー、あいつァ。え、まァいいや、俺がなンとか言ってやっから……。
おう、清公ッ」
清「へえ……」
六「なんだ、てめえは、幾代を見てから煩っちゃったんだって？　何言ってやがんでえ、馬鹿ッ、えー、相手がお大名のお姫さまじゃァしようがないがな、どんな太夫だってなァ、金で買えるんだ。なァ、一生懸命に働いて、それで金ェためる。そうすりゃァ、なァ、俺が連れてってやらァ」
清「え、本当なんでございますか？」
六「本当だよ」
清「あー、さいですか……。
(元気になって)じゃァ、私ァご飯《はん》たべましょう」
六「なンだい？　え、いいのかい？」
清「へえ、えー、もう直《なお》りました、この通り……」
六「早えなァ、おいッ。
一年稼ぎな、そうすりゃァ俺、連れてってやるから……」
それからというものは、一年の間、一生懸命——。
清「親方ァ」
六「何だい？」
清「あのォ、預けたお金、いくらたまったでしょう？」

六「うーん、ゆうべしらべてみたらな、十三両二分あった。大きなもンだなァ」
清「あー、そうですか。それ、あっし頂きたいんですが……」
六「どうすンだい？」
清「買いものがあるンで……」
六「ふーん、何を買うんだ？」
清「えー、花魁買うんで……」
六「馬鹿ッ、この野郎馬鹿だなァ。折角稼いだ金で、そんなもの買ってどうするんだ？　そろそろ世帯道具でも買うことを考えろ、えー、いつまでもここで働いてばかりもおられねえだろう」
清「でも、あのォ、ほら、去年、私が煩ったときに、一年稼いだら買わしてやるって言ったでしょう。えー、あの幾代太夫を……」
六「まだ覚えてンのかい、えー。ありゃァおめえを直してやろうと思って、俺そう言ったんだ。なァ、あれはおめえ無理だぜ。ほかのにしなよォ」
清「(急にしおれて) ふえーッ、そうですかい？(泣き声になって) あたしゃァ……あたしゃァ、本当だと思って一生懸命働いたんだ……。

じゃァ、また煩っちゃおう」
六「煩っちゃァいけねえや！　じゃァ、こうしてやろう。なァ、俺が足して十五両にしてやッからな。十五両あれば何とかなるだろう、なァ。本当なら、俺が連れてってやりたいんだけども、俺ァあいうとこの大見世《おおみせ》の遊びてえのはあまり知らないからな、誰か頼んでやろう。それに連れてってもらやァいいや……。だけど、ドジな奴じゃいけねえしなァ、とにかく大見世の遊びだからな、むずかしいンだ。こういうことは、えーと、誰かいねえかなァ……。あ、医者の藪井竹庵《やぶいちくあん》……あいつは、医者ァまずいが、女郎買いはうめェんだ。人間てえものは、何か取り柄のあるもンだ。えー、あいつに頼んでやろう、ウン。おいッ、定公ォ、先生呼んで来い、藪井さんだ。そう、急いでな」
竹庵「あー、こんちはァ」
六「やァ、先生、ご苦労さま」
竹「病人はどなたですな？」
六「いえ、病人はいねェんです」

竹「いま、呼びに来ただろう」
六「いえ、病人はおまえさんには頼まねえ。おまえさんに頼むと殺されちゃうから……」
竹「冗談言っちゃァいけないよ。何なンだい？」
六「いえ、実ァね、うちの清公がね……」
竹「うん、ふむ、ふむ、ふむ……。幾代を見て、恋煩いをした？　ほう、今どき珍しいな、うん、うん……」
六「で、そういうわけでね、先生、ひとつ連れてってもらいてえんだがねえ……」
竹「うーむ、あーそう、そいじゃァな、こうしなさい、あたしゃァ、日が暮れてから来るから、それまでに床屋へ行って、湯ィ入ってきれいになって待っておいでなさい」
六「ええ、じゃァひとつ、お願いしますよ。
おう清公、床屋へ行って来なッ。帰りに湯へ入《へえ》って、きれいになって来いッ」
清「只今ァ……」
六「おう、あー、きれいになったなァ」

清「へえ」
六「ああいうとこへ遊びに行くにはな、変な服装《ふう》して行くといけねえからな、俺のものを貸してやッから、みんな着て行きねえ」
清「は、さいですか。えー、私のものもあります」
六「何があるえ？」
清「足袋にふんどし……」
六「そんなもなァ、当り前だ」
　日が暮れて、藪井竹庵が来て、清蔵を連れて表へ出た。
竹「ねえ、清さん。あのね、何しろ大見世の遊びだからね、まァ相手が全盛の太夫だから、出るか出ないかそいつァわかンないが、まァ、あたしがうまい具合に話をしてみよう。
　そうだねえ、搗米屋の清蔵じゃァ客にしないから、おまえさんをね、野田の醤油ゥ問屋《どんや》の若旦那というふれ込みで、えー、向うへ行くから、そのつもりでいいかい。
　無駄な口《くち》ィきくとボロが出るから、だまっておいでよ。万事あたしにまかしときゃァいいんだ。

はい、こんばんは！」

茶屋のおかみ「おや、いらっしゃい先生ッ。まァ、ちっともお見えになりませんねえ」

竹「いやァ、おかみ、実ァいいお客さまを連れて来たから、ひとつ頼むよ」

茶「あー、そうですか」

竹「ここに居るのは、野田の醬油問屋の若旦那でね、幾代太夫の錦絵を見て、大変気に入っちゃったんだ、ウン。で、連れて来たんだけども、ひとつ何とか話してみてくんねえか。

とにかく金があるんだからね、こんだァ裏、馴染と、うんと使うから、ひとつ頼むよ」

茶「はーァ、さようでございますかねえ、まァ、ちょいと、きいてみましょう」

これから幾代太夫に話をしますと、そのときにはいい具合に体もあいておりました。

また茶屋の内儀《おかみ》に義理もありますから、幾代太夫はその晩出ることゝなった。

一年の間、この女のことを思って働いて、その晩会えるという清蔵は、嬉しいのなんのって、天にも昇るような心持ちで、ボーッとしてしまった。

そうして、あくる朝ゝなって、顔を洗ってくると、本当の大見世ですから次の間つき、糸柾《いとまさ》の火鉢の向うに、友禅縮緬《ちりめん》の二枚重ねの蒲団《ふとん》が敷いてある。その座蒲団の上へ、清蔵が座っていると、幾代太夫がすっかり朝の化粧をして、そうしてそこにスーッと出て来たが、実にふるえつくような美人でございます。雪の富士へ朝日がさしたよう――。

べっこう長羅宇《らお》の煙管《きせる》に、薩摩《さつま》の国分《こくぶ》を軽くつめて、そして清蔵に、

幾代太夫「ぬし、一ぷく吸いなんし」

と、こォ出した、ね。こいつはチョイと吸って向うへ返すやつですな。こいつをスパスパみんな吸っちゃっちゃァいけねえ。

しかし、このォ、煙草を吸いつけるというものは色っぽいもので、

幾「こんだ、主はいつ来てくんなんす?」

清「へえ、えー、また一年稼いだら来ますから、それまで待ってて下さい」

幾「一年? 一年なんて、長すぎるではありんせんか」

清「長すぎるではありんせんかッたってね、私ァ、一年稼がないと来られねえんですよ。

へえ、へえ、冗談言っちゃァいけません。醬油問屋の若旦那なんてな、嘘なんですよ。私ァ嘘なんてものをついたことがないけれど、ゆうべ生まれて初めてウソをつき

ました。

私ァね、えー、日本橋馬喰町一丁目の、搗米屋六右衛門の家の若い衆で、清蔵てンで、おまえさんの錦絵を見て、私ァ、えー煩ってしまいました、へえ……。

ここに着ている着物も、羽織も、みんなこれは親方のを借りて来たんでございます。へえ、あたしのは足袋とふんどしよかないンで……」

こういうとこは、誰だって見栄《みえ》を張るところなんですが、そこを打ちあかしてしまうということは、本当の正直でございまして、その言っている様子を、幾代太夫がジーッと、煙管を膝《ひざ》に突いて見ておりました。

幾「主、それは、本当でありんすか？

紙よりうすい今の人情の世の中に、主のような誠を明かしてくれるお方はありんせん。わちきは来年の三月、年季《ねん》が明ける。主のところへたずねて行って、主の女房にしてもらいたいが、いかがでありんすか……」

清「へっ、待っておりますから……」

後朝《きぬぎぬ》の別れを惜しんで、五十両の金を清蔵に渡します。

幾「世帯を持つときの足しにあずかっておいて下さい。ふたたびこういうところへ足を入れないでくんなんし……」

家へ帰ってくる。

清「只今ァ」

六「おう、どうしたい……」

清「へえ、えェ……」

六「何ォしてやがんでえ、こン畜生ァ。えー、行く前にボンヤリしてやがって、行って来たらまたぼォんやりしてやがらァ。えー、相手ァお大名のお遊び道具だ。おめえのとこなンざ来やァしめえ」

清「(泣きながら)来たんです……」

六「来たのかい？」

清「へえ、来たんでございます。へえ、来年の三月、年季《ねん》が明けたら私ンとこへ来て、私の女房になるってンで……」

六「長生きをするよ、てめえは、何を言ってやがんでえ……。まァ、いいや。なァ、体さえ丈夫ならいいんだ、働きな」

清「へえ、そうでありんすか」

六「何だい、こン畜生ァ」

清「来年の三月が来れば、もうこっちのもので……。へえ、来年三月……」
六「うるせえな」
何をするにも〝三月、三月〟。

「おう、湯ィ行かねえか」

「三月になれば、私ァ……」

「何を言ってやがる。しっかりしろやい、やいッ清公ッ！」

「へえ、三月……」

「おう、三月ッ……」

「へえ……」

「あれッ、返事してやがる」

〝来年の三月が来ればいい〟と、そればかりを考えている。〝三月、三月〟と思っているうちに一陽来復、新玉《あらたま》の新春を迎えて、二月となり、三月となって十五日の、ちょうど昼どきでございます。

六右衛門の家の前へ、ピッタリついた四《よ》つ手《で》の駕籠《かご》。

駕籠屋「こんちはァ」

定吉「へえ……」
駕「小僧さん、搗米屋の六右衛門さんてえのは、ここかい？」
定「ええ、そうです」
駕「ああそうですか。うちに、清さんて若い人いますか？」
定「ええ、居りますよ」
駕「あー、そう。
居るそうですよ……」
駕籠から出た幾代太夫は、小紋縮緬の着物に黒繻子《くろじゅす》の帯を胸高《むなだか》に締めて、眉毛《まみえ》を落として歯を染めて、髷《まげ》に結《ゆ》っておりますが、その美しいのなんてえのは、まるで春信《はるのぶ》(鈴木春信。美人画で知られた浮世絵師)の絵が抜け出したようでございます。サッと入って来て、
幾「あの、小僧どん、清はんが居なんしたら、吉原《なか》から幾代が来たと、そう言ってくんなんし」
定「へえッ、親方ッ！」
六「何でえ？」

定「大変だッ」
六「何だい、屋根へ天狗でも落っこちたか」
定「冗談言っちゃァいけません。来ましたよ、来ましたよッ」
六「何が？」
定「あの三月が……」
六「三月？」
定「いま、駕籠から出ました。きれいでござんすね、タハーッ、うー、うわーッ……」
六「何だい、やな小僧だな」
定「〝小僧どん〟てやがってね。へえ、〝清はんが居なんしたら、吉原《なか》から幾代が来たと、そう言ってくんなんし〟てやがる。どうしまほう……」
六「何ォ言やがるんでえ」
　奥から清蔵が出て来て、幾代の手を取り上げて、互いに涙にくれて喜んだ。結びの神は藪井竹庵と、先生が仲ィ入って、高砂や四海波静かにと謡《うた》い納めたが、さてこうなってみると、親方のところへ居ることが出来ない。
どっか家はと捜すと、両国広小路に空き店《だな》があって、それへ入ったが成す商売がない。もとが搗米屋ですから餅《もち》屋をしようということになって、女房の源氏名《げんじな》幾代をとって〝幾代餅〟とした。全盛の幾代太夫が餡《あん》をくるんで売るってンですから、大変な騒ぎですなァ。

「おーッ、行ったかよォ」

「どこへ？」

「どこへじゃないよ、両国の幾代餅よ」

「まだ行かねえや」

「まだ行かねえ？　この罰当りめ」

「何だい、そりゃァ？」

「知らねえのか、こン畜生。なァ、全盛の幾代太夫が餡をつけてンだ」

「ふーン」

「きれいだぜ」

「本当かい？」

「きれいにも何にも、この間俺が行ったらな、餡をうんとつけやがってね、ウン。〝毎度、ありがとうありんす〟なんて言やがってよォ。俺ァうれしくなっちまってな、銭を置いて餅を持たずに来た」

大変な騒ぎ――。

たちまちのうちに売り出して参りまして、名物の一つに数えられましたが、こういう女に似合わず三人の子まであげて、富栄えておりましたけれども、ご一新《いっしん》（明治維新）の際にこれがなくなったと、いまだにご老人の口《くち》の端《は》にのこっております。〃傾城《けいせい》に誠なしとは誰《た》が言うた〃、両国名物『幾代餅の由来』の一席でございます。

姫かたり

演題豊富の志ん生も、そうめったに演《や》らなかった歳末の艶笑珍品。「江戸錦絵」を見るような、あやしい美しさをただよわせる。「青緡《あおざし》五貫文《ごかんもん》」は、穴あき銭を紺染めの細い麻縄に通して結んだもので（一貫は九六〇文）善行のあったものに奉行から下賜された褒美《ほうび》。

えー、落語は〝おとしばなし〟でございまして、高いとこにモノを上げておきまして、これがパタンと落ちる……というところが、〝サゲ〟でございます。えー、サゲにはいろいろありまして、〝見立て落ち〟なんてえものがございまして、〝まわり落ち〟てえものは、まわって来て落ちがつくもので、

甲「そいで、なンですかい……その猫《ねこ》てェのは、拾って来たんですかい？」

乙「えー、拾ったてェとへんだけどナ、鳴いてて可哀そうだから、家へ拾ってきて、飼ってやろうと思うんだ」
甲「フーン」
乙「だけどもねえ、どうも玉《たま》だの三毛《みけ》てェ名は、ありきたりでいけねえからなァ、なンかこう……強そうな名前《なめえ》を、考えてくんねえか？……」
甲「ヘーエ、猫に強そうなのねえ……。ウン、岩見重太郎《いわみじゅうたろう》なンてえのは、どうです？」
乙「およしよ、バカだナ、おめえは……。猫らしいんで強いんじゃなくっちゃいけないよ」
甲「ウン、じゃァ、虎とつけたらどうです？　虎と……」
乙「虎かァ……、ウン」
甲「トラ……と呼んだらいいや」
乙「フーン、こりゃァ強いナ。じゃァこの猫……トラと呼んでやろうナ」
丙「虎ァ強いったって、おめえさん……　〝竜虎〟というから、竜のほうが強いんじゃねえか」
乙「あ、竜だなァ、そいじゃァ、竜とつけてやろうか」

甲「竜が強いといったって、おまえさん、雲があるから竜が威張《いば》ってるんだよ。雲がなかったら、おまえさん……竜はシマらないよ。じゃ、雲のほうが強いんじゃねえか」

乙「じゃァ、雲とつけようか」

丙「雲よりか、おまはん、風のほうが強いよ。風で、雲なンぞ吹ッ飛ばしちゃうもの」

乙「フーン、じゃァ、なンだ……風にしてやろう」

丁「風より、壁のほうが強かアねえかァ？　壁で風……ふさいじゃうから……」

乙「じゃァ……壁だ」

丙「壁より鼠のほうが強いよ、壁なんぞ喰い破るもの……」

乙「じゃァ鼠だ」

丁「鼠より、猫のほうが強《つえ》えや」

乙「じゃァ、猫だ……」

なんて、もとイもどっちゃったりなんかしちゃって……。そういうなァ、あー、〝まわり落ち〟というんでございます。

〝考え落ち〟というのもありますナ。考えなきゃァ、オチのわからないような落語《はなし》がある——。

甲「ウー、なンだなァ、風が吹くなあ……」

乙「風が吹くねえ」

甲「こういうふうに、風の吹いたときは、何をしたらもうかるだろうなァ」

乙「瀬戸物屋をやンねえ」

これがオチなんですが、ちょいとわかりにくいんでナ。

どうして風が吹くと、瀬戸物屋をやっていいかというってえと、風が吹くと、往来にホコリがたちますナ。そうすると、目にゴミのはいる人やなんかがある。目が悪くなる人が多くなる。目が悪いてえと、〝どうも見るものは……〟てンでナ、まず、唄《うた》なンぞが流行《はや》って来る。唄が流行ってくると、三味線《しゃみせん》が売れてくる。三味線が売れてくるから、猫ォよけい獲《と》る。猫がなくなるから、鼠が多くなる……で、棚のものを落ッことして、コワすから、瀬戸物屋がもうかる——。

こういうのが、つまり〝考え落ち〟でございますが……。

えー、モノを売るということくらい、むずかしいものはございませんナ。

えー、昔は、夏場《なつば》ンなるってえと、夏場のような売りものを売って歩くんですナ

……あァ、もう夏だナ……ってェことが、わかります。ええ、トンガラシ売りなどが

出ます。
売り声「えー、とンがらしエー……」
なんてえと、夏らしくなってくる——。
苗屋《なえや》なんて、来ますナ、
苗屋「(売り声で) ナエやァ、ナエィ……」
なンてナ。
客「苗屋さアん……あのォ、夕顔の苗ありますか?」
苗「(売り声調で) きょうは、持ってエ来ナエ!」
テンで、〝モッテコナエ〟なんて苗なんかありゃしない。売り声もいろいろですナ。
それから、暑《あつ》くなってくるってえと、虫売りてェのが出て来ますナ。定斎屋《じょさいや》(消暑の売薬行商人) が来る。甘酒屋が来る。
甘酒屋を呼びこむと、甘酒を湯のみみたいなのに入れて、ヒョイと出すんですナ。
甘酒屋「(売り声) あまいィ、甘酒ェーッ」
客「おい、甘酒屋ァ……おい」
甘「へえ」
客「あつぃかい?」

甘「へえ、熱《あつ》うございます」

客「日蔭《ひかげ》を通ンねえ……」

こいつォこう……見ていて、われわれ同様……というような人間が、〃うまいこと言やァがンなァ。えッ、甘酒屋、アツいかい？　アツウござんす、日蔭を通ンねえ……か。こいつァうめえなあ。よし、おれもやってみようかナ、ひとつ……〃ッてンでナ、

甘酒屋「(売り声) あまい、甘酒ェーッ」

男「甘酒屋ァ……」

甘「へえ」

男「アツいかい？」

甘「飲みごろですよォ」

男「じゃァ……一ぱいくれやい」

なンにもならない――。

どうも、この売り声というものは、いろいろなもので、季節によりましてナ、売り声もかわります。

だんだんと年もつまって、気ぜわしくなってくると、市《いち》がかかって参ります。この

市というものは、買うものは、初春《はる》に使うものが多いんですナ。以前はってえと、〝雪掻き〟なんぞが市へ出ました。踏み台ですとか、タライですとかナ、いろいろなものがある。これをみんな、人がエンギをかついで買うんです。踏み台のことは、〝まめ台〟なんてンで、健康《まめ》に暮らすというので、エンギがいい。ハタキを〝サイハイ〟といって売ったんですナ。ハタキというと、なんだか、はたき落すというようで、人がかついで買わない。

えー、親父《おやじ》がハタキを売っていた。

父親「ハタキだ、ハタキだァい、来年《らいねん》一ぱいのハタキ、ハタキだァい、ハタキィ……」

息子「お父《と》っつァん、売れたかい？」

父「売れねえ、ちっとも……」

息「そんな売り方ァしちゃァ、売れないよ。ハタキといっちゃァダメだよ。あたしが売ってあげるよ」

父「そうかい……せがれが今度《こんど》ァ、」

息「さあ、来年いっぱいのサイハイだァ、サイハイ買わないか、サイハイ……」

〝サイハイ買わないか、サイハイ〟ってえと、〝幸い《さいわ》〟のように聞こえる。〝来年の幸い買わねえか、来年の幸いだあ……〟と聞こえますから、

「エ、おい、来年の幸いだから買おうじゃないか」

ッてンで、随分と売れる。

すると、これが、ときのお奉行《ぶぎよう》の耳に入りまして、青緡五貫文《あおざしごかんもん》のご褒美《ほうび》を頂戴した。どういうわけだってえと、親のハタキ（仇）を売った（討った）てえんですが、あまりアテにゃァならない……。

市というものは、そういうもので、いろいろ、威勢でモノの商いをいたします――。

市の人、人より出《いで》て人に入る
なンてえ句がございますが、浅草観音の市（十二月十七日、十八日）なんてえものは、そりゃァナ、たいへんな賑わいで、いろいろなものを買いに来る人で、夜おそくまで縄《なわ》をなうよう……ごったがえしております。中でも年の瀬らしいのが、
売り声「市《いち》ァまけたア、市ァまけたア、注連《しめ》か、飾りか、橙《だいだい》かア……」

新年の輪飾りの売り声がやかましい。

四つと申しますから、ただ今の午後十時ごろということでございますが、いずこのお大名の姫君《ひめぎみ》でありますか、微行《しのび》でもってこの観音の市へ行って、観世音へ参詣をい

たします。

年のころはというと、十九ぐらいで、じつにいいィーッ（わざと強くのばして）女で……べつに力を入れなくたっていいんですけど、どうも、いい女は力を入れたくなるネ、ええ、いいィーッ女……。イイ（軽く）オンナというと軽くなるネ。

美人というものはたいへんですなア。ほんとうの美人というものは、顔のまン中に鼻がある！　だれだってあるけれども、まン中にはない。たいてい、どっちかへ寄ってるんだそうですナ。

この姫君てエのはほんとうの美人。唐土《もろこし》の楊貴妃《ようきひ》はなンのその、普賢菩薩《ふげんぼさつ》の再来か、常盤《ときわ》御前か袈裟《けさ》御前、おひるごぜんは今すんだ……てえくらい、そりゃァ美人であります。

まァ、美人の代表者はッてえと、まず、小野小町《おののこまち》というくらい……こりゃ美人ですナ。この小野小町を、あなた方に一目《ひとめ》見せたかったネ、あたしも見なかったけど……。

三十二相（仏の備えている三十二のすぐれた相、ひいては女性の容貌風姿のすべての美点をさす）揃っていたという――。そうして、えー、歌がうまい。あまたの公家《くげ》衆が、この小町を口説《くど》き落とさんと寄って来たが小町は、男なンどはふり向こうともしなかった。

その中で、伏見《ふしみ》の深草《ふかくさ》の少将《しょうしょう》という人が、命をかけて小町に惚れた。だから小町は、小町「それほど妾《わらわ》のことをおぼしめして下さるのなれば、あなたの心底を見せるために、わが住居《ところ》に百夜《ももよ》通って下さいませ……」

という。そこで深草の少将は、毎晩通って、ちょうど九十九晩まで通って、あと一《ひと》夜《よ》というときに、大雪のためにこの深草の少将、こごえて果ててしまった……というのは、少々フカクでございますが……。

そォいうようなわけで、えー、小野小町というのは、器量はあるけれども、数多《あまた》の男に対し、みんなこの……できない相談を持ちかけては、男をさけた——。

しかし、なンですナ、女というものは、そうそう若くばかりいない。いくら美人の小町でも、年ィとってくるてえとナ、そりゃァ変わってくる。女ァ若い時分《うち》ですナ。額《ひたい》が抜けあがって、顔の皮ァたるんできて、なンか食べると、顔じゅう動《いご》いたりするようになるてえと、どうしてもいけない。そうなって小町が初めて気がついて、男恋しくなる……。

わびぬれば身のうきことの音《ね》を絶えて

誘う水あらば、いなんとぞ思う

という歌を詠《よ》んで男を呼んだが、男は来なかった。しまいには、奥州《おうしゅう》の極楽寺《ごくらくじ》の門前にまで流れたってンですナ。そういうような女、そこィおくのが惜しいってンで、こないだ捜しに行ったけど、いなかった……。

それですから、この美人……というものも、あんまり婆ァになってンじゃァしようがない。若いうちが花であります。

そういうようなわけでありまして、この大名の姫君というものは、年も若いし、じつにどうも非の打ちどころのない、このうえもない美人であります。

観世音へ参詣をいたしまして、階段をお降りになって、二足三足《ふたあしみあし》歩くというてェと、姫君の顔色がたいへん悪くなってきました。

供の武士「おお、いかがなされましたか？」

姫君「う、う、うーん……」

武「姫君、さしこみでござりますか？」

姫「ハ、ハイ、ア、アッ、苦しい……」

武「はっ、はいッ、た、ただ今、医者の手配を……。こッ、これッ、通行の者、あ、これこれ、この近くに、医者はおらぬか？」

夜ふけのおしのびでございますから、どうしようもない。供の侍は、ころがるようにして、医者をたずねます。

売り声「市ァまけたア、市ァまけたア、注連《しめ》か、飾りか、橙かァ……」

ごったがえしている中を、二天門《にてんもん》を抜けて、少し行くてえと、左側に、吉田玄随《げんずい》という医者がいる。この医者は、医師のかたわら金を貸して、ほうぼうへ回しては利息をとっている。医者といっても、仁術のほうは二の次でございます。

供の侍は、人波をかきわけながら、姫を抱きかかえるようにして、この医者のところへ連れて参ります――。

武「あー、許せ。拙者はゆえあって、主人の名は申しかねるが、さる大名の姫君のお供をいたして、観世音に参詣に参ったが、姫君にわかのおさしこみ、かようにお苦しみである。急ぎ、診て下さらぬか」

玄随「ハッ、かしこまりました。ど、どうぞこちらへ……」

と、奥の間へ通します。相手がお大名の姫君でありますから、〝ウン、こりゃァもうかるナ〟と思うから、ていねいでございます。

玄「では、あなたは暫時、こちらでお控えを願います」

お供の人たちを遠くの部屋へ待たしておきまして、奥の部屋へ襖《ふすま》を立てまわしまして、脈をとる。

ひょいと見るてえと、大変な美人。よくよく見るってえと、なンともいいようのない美人でございます。下をうつむいて、苦しんでいる姿なんてえものは、とても美しい。

女というものは、美人になるってえと、何もかも美人ですな。笑った顔がよくって、怒った顔がよくって、泣いた顔が、またいい。エ、美人の泣いたのは、海棠《かいどう》が雨に打たれてしおれたよう……と申します、悪い女の泣いた顔なんてえものは、サボテンが夕立《ゆうだち》くらったよう……たいへんな違いであります。

もう苦しいなンてときは、しようのないもので何もかも忘れてしまいます。ですから、
姫「あ、あッ、苦しい、う、うーん……」

と、思わず姫君が医者のほうへ寄りかかって参ります。プーンとにおう麝香《じゃこう》の匂い、そして白粉《おしろい》の匂い、髪《あたま》の油の匂い……それがこの……医者の玄随の鼻ンとこへ、プーンと集まります。

姫君はもう夢中でございますから、
姫「う、うーむ、苦しゅうてならぬ、胸……胸を押さえてくだされ！」

玄随の手をとると、自分の胸のところへ持って行く……。

なんという美人であろうと思ってるところへ、いい匂いがフワーッときて、ポーッとしてェるところへ、今度《こんだ》ァ手が、胸のふくらみンところへさわったから、もう、相

手がお姫様であるということなんぞは、わからなくなっちまった……。ググッと姫君をだきよせると、ふところン中へ手ェ入れて、ギュッと強くにぎったからたまりません。

姫「あれーッ！」

という声。襖《ふすま》がさっとあいて、お供の侍がとびこんで来て、

武「これッ、無礼者ッ！　何をいたしたッ⁉」

玄「い、いえ、あのォ……」

武「姫ッ、いかがなされましたか？」

姫「はい、こ、この医者がわらわを抱きしめて、胸、胸のあたりにいたずらを……」

武「なにッ⁉　こ、これッ、玄随、なんということをいたしたのだ！」

玄「いえ、わ、わたくしはあのォ……」

武「黙れッ！　尊き身分のお方に対し、よくもみだらなことをいたしたな⁉　かようなことがおかみに知れたら、拙者、腹を切らねばならぬ。そのほう、手討ちにいたすから、さよう心得ろォーッ‼」

玄「ど、どうぞお許しくださいませ。さ、さようなことではございません……」

武「だまれ、だまれッ！　ならぬ、これへ出ろッ！」

そのころはてえと、普通の武士でさえ、よく町人《ちようにん》を無礼討ちにした……なんてことがある。まして大名の姫君であります。うっかり、そんなことをしたんですから、こりゃァ無礼討ちされたってしようがない。
武「それへ直れッ!!」
玄随はもう、まっ青《さお》ンなって、
玄「どうぞ、ご、ごかんべんを……。どうぞ命ばかりはお助けを願います」
武「む、それではそのほうは、どうしても助けてくれと申すか?」
玄「は、はいッ……」
武「助けぬことはないが、他《ほか》の者が、みんな屋敷へもどって、このことが、だれかの口から漏れんでもない。その場合、拙者はやはり腹を切らねばならん。さらばじゃ……」
玄「は?」
武「その口どめ料を、これへ出せッ!」
玄「へ、口どめ料を? で、いかほど?」
武「二百金で、よろしい」
玄「うーッ、二百両!? 二百両でございますか……」

武「さよう」

玄「ウーッ……」

命に代わる宝はないから、しようがないからッてンで、この医者が、二百両の金をそこへ出すと、供の侍はそいつォ懐中《ふところ》へ入れて、

武「（ガラッと変わって伝法《でんぽう》に）よォ、おゥ、なア、さア、帰《けえ》ろうじゃねえか」

姫「（これまた鉄火《てっか》に）ちょいとお待ちよ、あァ驚いた、二百両かせぐのもラクじゃねえや。あー、こんなものを着てるてェと、窮屈《きゅうくつ》でしようがねえ、ぬいで行くから待っとくれよ」

あッと驚いて、医者の玄随が見るってえと、お姫さまがスーッと帯ィ解《と》いて、裾模様のお召しをクルッとぬぐってえと、下に着こんでいるのは、京ちりめんの小袖、供の侍が持っていた風呂敷の中から取り出しました黒ちりめんの羽織ィひっかける……芸者衆《しゅ》が、ちょいと戸外《そと》ォ歩くてェ姿です。

侍のほうはってえと、武士の装束《しょうぞく》パラリとぬぐと、結城《ゆうき》つむぎの袷《あわせ》に、八端《はったん》の三尺帯《さんじゃく》ゥしめて、上から唐桟《とうざん》の半纏《はんてん》ひっかけて、手拭《てぬぐい》でほッかむりして、尻ィはしょって……、

武「なァ、おい、玄随、とんだ弁天小僧《べんてんこぞう》だ、ナ、〝髷《まげ》も島田に由井《ゆい》が浜ア……〟って

とこよ。へへッ、おい、おめえ、これからなァ、なンだぞ、若い娘さんでもナ、苦しんでいるときにヘンなことをするんじゃねえぜ、ほんとにィ！　よく覚えておけ。おう、出かけようぜえ――」

　テンで、プーイと表へ出るってェと、表は観音の市でございます。

売り声「さアーア、市《いち》ゃァまけた、市ゃァまけたァーい……、注連《しめ》か飾りか、橙《だいだい》かァーィ……。市ゃまけたァ、注連か飾りか橙かァ……」

　と、言っているヤツを、玄随が、今出て行くやつを見おくりながら、ボンヤリして聞いていると、「市ゃまけたア……」というヤツが、「医者負けたァ、医者負けたァ……」と聞こえる。

売り声「医者負けたァ、医者負けたァ……」

　医者が思わず、

玄「（売り声調で）あァ、姫（注連）か、かたり（飾り）か、大胆（橙）な――」

解説2　志ん生にとって満州とは何だったのか

大友　浩

どうやら芸というものは、努力の量に比例して少しずつうまくなっていくようなものではないらしい。

もちろん相応の努力は必要だろうが、努力によって蓄積されたものが、ある段階で急に顕在化するもののようだ。直線ではなく、階段状に蓄積と結実を繰り返すものだと思う。そうした結実があるきっかけで劇的におこなわれるとき、これを「開眼」と呼ぶ。

古今亭志ん生にとっては、満州慰問が開眼のきっかけとなったようだ。

志ん生は、一九四五(昭和二十)年五月六日に慰問のために満州へ渡り、一九四七(昭和二十二)年一月十二日に帰国の途についた。

一カ月のつもりで行ったのに、結果的には一年八カ月もの満州行となった。一行は坂野比呂志ら約十名で、ほどなくばらばらになるが、三遊亭圓生とはながく行動を共にしている。

はじめは順調に見えた満州慰問だったが、ソ連の参戦、そして、八月十五日の敗戦をきっかけに事態は一変する。統治者の立場だった日本人が、敗戦国民になったのだ。

まずは、ソ連軍の進駐とともに恐怖がやってきた。

このころの様子を森繁久彌はこう書いている。森繁は当時、満州電電の新京放送総局に勤めるアナウンサーで、志ん生ら一行の引率もしたことがあった。

「そのうち、進駐して来たソ連軍の数も増え、そろそろ随所に強姦、強奪、殺戮の惨事が起りはじめ、それらは街中から街はずれの社宅街にものびて来た。／それは言語に絶するものであった。」（『森繁自伝』一九六二年、中央公論社。引用は中公文庫）

実際のところ、ソ連軍による殺人や強姦はかなり起こっていた。止めようとすると、こちらが殺されてしまう、だから黙って見ているほかないという状況である。

志ん生自身も、ピストルを向けられて殺されかけたことがあった。

ソ連軍ばかりではない。それまでは自分より下に見ていた中国人や朝鮮人の態度ががらっと変わる。

インフレで物価が高騰する。

空腹が襲う。

住むところもない。

大量のシラミがたかり、シラミが媒介する発疹チフスの流行で多くの死者が出る。

日本へ帰りたいが、船はなかなか出ない。

引き揚げのデマと落胆の繰り返し。

志ん生はこう述べている。

「本当に負けたとわかったときのくやしさ、なさけなさなんてえものは、とってもとても言葉の外です。内地にいればいくらか自由もきくだろうが、負けた上に敵さんの土地だてえんですから、生かすも殺すも向こうさんの気持ち次第、泣こうにも涙も出ねえてえ心境でしたよ。／ソ連兵の顔ォ見ない前は、シナ人だの朝鮮人だのってえ、今まで日本人の味方だったのが、ガラッと手のひら返したようにいばり始めたのは、よけいくやしい思いでした。」（『びんぼう自慢』一九六九年、立風書房。引用はちくま文庫）

それで絶望的になり、志ん生は自殺を図ったことがあるという。

「いつ殺されるかわからないところへもって来て、ゼニはないし、食うものはないし、寒くってしょうがないし、迎えの船なんぞいつ来るのかわかりゃァしない。死ぬより道はないと思って、圓生に迷惑かけないようにてんで、こっそり知り合いの医者のところへ青酸カリをもらいに行ったが、『ない』というんです、（略）それならば、ってんで考えたのがウオツカですよ。」（『びんぼう自慢』）

ウォッカの瓶を六本空けて、気を失ったが、死には至らなかった。もっとも圓生は、志ん生の自殺を否定している。

「なあに嘘ですよ。することがないから、ウオッカをちょびちょび飲んでいるうちに六本あけて、ダウンです。（略）ありゃあね、自殺するような、そんなヤワな人間じゃないですよ。」（『浮世に言い忘れたこと』一九八一年、講談社。引用は旺文社文庫）

真相はわからないが、いずれにせよ自殺を図ってもおかしくないほどの悲惨な状況にあったことだけは間違いないだろう。

このように志ん生は、満州で生と死の境界を徘徊し、飢えや寒さや恐怖や絶望や人間の弱さや醜さを体験してきた。

その体験が、志ん生を開眼させたのだと言ってよい。

ところが、あるとき友人の桂文我と話していたら、彼がこんなことを言った。

「もちろん志ん生師匠は満州で変わったのかも知れない。けれども、もしかしたら、変わったのは聞き手であり、社会だという可能性もあるのではないか」

文我らしい鋭い問題提起だ。

たしかに社会は変わった。軍国主義から民主主義への転換があり、GHQの進駐、西洋文化の乱入、物資の不足などで、社会は混沌としたエネルギーに満ちていた。人々は娯楽を求め、映画が大流行した。もちろん笑いにも飢えていた。「純情詩集」をひっさげて売れに売れた三代目三遊亭歌笑はその象徴ともいうべき存在だろう。

断定するにはもう少しきめ細かい検証が必要だろうが、ぼくはやはり志ん生自身も変わったのだと考えたい。

混乱期を過ぎ、「もはや戦後ではない」時期になっても、志ん生は素晴らしい高座を続けていたのだから。面白いことに、それに、満州体験で変わったのは志ん生だけではないのだ。圓生も変わった。圓生の言。

「むこうから帰ってからあたくしの噺がうまくなったということをば、ちょいちょい耳にしたんですね。（略）これは、なんてんですか、満州へ行ってあたくしは今までにない経験をした。人間的な苦労ですね。」（『寄席育ち』一九六五年、青蛙房）

宇野信夫も「圓生の芸が吹ッきれたのは、戦後満州から帰って後のことであった。」（『浮世に言い忘れたこと』解説）と述べている。

六代目春風亭柳橋、柳家金語楼、二代目三遊亭円歌、三代目三遊亭金馬、八代目桂文楽らは、既に戦前から売れていた。五代目古今亭今輔は微妙だが、新作に転向したことがきっかけになっているように思われる。三代目桂三木助は、戦後に開眼したが、本人の更生努力によるところが大きい。五代目柳家小さんも戦後すぐに真打昇進しているが、その歩みは着実で、戦後の世相の変化による評価とは思えない。同世代の噺家の中で、戦中と戦後とで劇的な変化を遂げた二人が、満州で行動を共にしていたというのは、偶然とは思えない。

やはり生と死をめぐる強烈な体験は、落語という自分自身を語る芸に、強い影響を及ぼさずにはおかないと考えるのが自然ではないだろうか。

志ん生の十八番に「黄金餅」がある。

乞食坊主の西念が、貯めた金を餅に詰め、それを呑み込んで絶命する。その様子を覗いていた隣家の男が、焼き場で西念の腹から金を盗む。

筋立てだけを見ればとても陰惨な噺だが、志ん生の「黄金餅」はカラッと明るく、聞いていて楽しい。

だが、その明るさは、何の屈託もない明るさではなく、内側に暗さを抱え込み、それを突き抜けた明るさではないだろうか。

志ん生の「黄金餅」の突き抜けた明るさの底には、生への深い断念があり、それは満州行によって獲得した境地だと、ぼくは思う。

本書は一九七七年、立風書房より刊行の志ん生文庫全六巻の第三巻として刊行され、一九九三年六月には、立風書房より「愛蔵版　志ん生文庫　全六巻」の第三巻として再刊された。

読者の皆様へ

本書に収録した落語の多くは江戸から明治期に完成し、今日まで伝承されてきた古典芸能です。内容の一部には今日の人権意識に照らして、特定の職業や身分、疾病、障害に対する差別ととられかねない表現があります。しかしながら、長く伝えられてきた日本固有の伝統文化を記録し継承するという観点から、表現の削除、言い換えなどは行っておりません。読者の皆様にはその点をご留意のうえお読みくださるようお願いいたします。また、すべての差別を撤廃し、誰もが人間としての尊厳を認められる社会を実現するため、差別の現状についても認識を深めていただくようお願いいたします。

筑摩書房　ちくま文庫編集部

志ん生の噺・全5巻収録演目一覧

（＊印は既刊）

1 志ん生滑稽ばなし＊

道灌・千早ふる・饅頭こわい・和歌三神・替り目・岸柳島・三味線栗毛・三人絵師・麻のれん・元犬・犬の災難・狸賽・安兵衛狐・猫の皿・宿屋の富・水屋の富・無精床・あくび指南・強情灸・泣き塩・鮑のし・天狗裁き

2 志ん生艶ばなし＊

疝気の虫・風呂敷・鈴ふり・たいこ腹・三年目・後生鰻・短命・義眼・つるつる・駒長・小咄春夏秋冬・紙入れ・羽衣の松・城木屋・ふたなり・百年目・二階ぞめき・町内の若い衆・幾代餅・姫かたり

3 志ん生人情ばなし

唐茄子屋政談・中村仲蔵・淀五郎・井戸の茶碗・もう半分・江島屋騒動・おかめ団子・抜

け雀・おせつ徳三郎・佃祭・千両みかん・しじみ売り・文七元結・塩原多助一代記

4 志ん生長屋ばなし
火焔太鼓・厩火事・搗屋幸兵衛・お化け長屋・大山詣り・三軒長屋・たがや・今戸の狐・大工調べ・らくだ・黄金餅・富久・妾馬

5 志ん生廓ばなし
お直し・首ったけ・五人廻し・錦の袈裟・茶汲み・干物箱・付き馬・白銅の女郎買い・坊主の遊び・三枚起請・文違い・居残り佐平次・品川心中・子別れ

ちくま文庫

志《し》ん生《しょう》艶《つや》ばなし　志《し》ん生《しょう》の噺《はなし》2

二〇〇五年三月十日　第一刷発行

著者　古今亭志ん生（ここんてい・しんしょう）
編者　小島貞二（こじま・ていじ）
発行者　菊池明郎
発行所　株式会社　筑摩書房
東京都台東区蔵前二―五―三　〒一一一―八七五五
振替〇〇一六〇―八―四一二三
装幀者　安野光雅
印刷所　三松堂印刷株式会社
製本所　株式会社積信堂

乱丁・落丁本の場合は、左記宛に御送付下さい。
送料小社負担でお取り替えいたします。
ご注文・お問い合わせも左記へお願いします。
筑摩書房サービスセンター
埼玉県さいたま市北区櫛引町二―六〇四　〒三三一―八五〇七
電話番号　〇四八―六五一―〇〇五三

ISBN4-480-42062-2 C0176